集英社オレンジ文庫

明治横浜れとろ奇譚

堕落者たちと、ハリー彗星の夜

相川　真

本書は書き下ろしです。

目次

イラスト／あめのん

一　横浜にて、堕落者《だらくもの》一堂に会す

明治《めいじ》四十三年、五月。

横浜《よこはま》、伊勢佐木《いせざき》町は芝居小屋やキネマ館が立ち並ぶ一大歓楽街だった。煉瓦《れんが》造り三階建ての羽衣座《はごろもざ》、西洋風の大きな塔を添えつけた喜楽座《きらくざ》、上方《かみがた》落語の新富亭《しんとみてい》、一昨年できたばかりの、流行《はやり》の映画常設館の敷島館《しきしまかん》や喜音満館《きねまかん》。

役者幟《のぼり》や看板が道にあふれ、呼び込みの声もにぎやかで、芝居小屋の周りに集まるように、牛鍋屋や飯屋などがひしめいていた。

少し歩けば、横浜湾をのぞむ埠頭《ふとう》に出る。阿蘭陀《オランダ》、英吉利《イギリス》、仏蘭西《フランス》などの大型の蒸気船が、貿易品を満載に積み込んで野太い汽笛を鳴らしながら出入りするのが常だった。

伊勢佐木町の芝居小屋の中に、野木座《のぎざ》、という小屋があった。新派劇《しんぱげき》を上演する小さな一座を呼ぶことが多い。

野木座の裏、役者たちが出入りする裏口の前で、前島寅太郎《まえしまとらたろう》は額を打ちつけるほど、土下座を繰り返していた。

「ごめんなさい、本当に、すみません！」

「ごめんで済むようなことか、ウチの顔をつぶしやがって」

裏口に仁王立ちになっているのは、野木座で芝居をうっている、一座の座長だ。そろり、と寅太郎が見上げると、その頬をひくつかせて睨《にら》みつけられた。

「わ、わざとじゃないんですよう……」

新派劇とは、歌舞伎《かぶき》とも落語とも異なった新しい演劇の形である。最近では翻案劇《ほんあんげき》と称して、西洋の演劇を日本の文化に合わせて作り直したものが流行していることもあり、ひと昔前とは違って、小屋の演目は雑多になってきていた。

寅太郎は、一座の役者兼下《した》っ端《ぱ》雑用係として、日雇いに近い仕事にありついていた。日々舞台の掃除や花形役者の世話に追われる日々だったが、とうとう待ち望んでいたその時が訪れた。

「せっかく使ってやろうと思ったのに、芝居ごと滅茶苦茶にしやがって。本番前におれの前でやって見せた、あの芝居はどこに行ったんだ」

座長が苦々しく舌打ちを繰り返した。

「うまくできるはずだったんです！」

「そうだろうよ、だが実際はどうだ。ええ？」

寅太郎は、再び地面に額をこすりつけた。

できるはずだったのだ。

役者の一人が食あたりを起こして、舞台に立てなくなった。代わりに誰か演《や》ってくれと言われて、寅太郎は即座に手を上げた。時間がないからと座長に直接稽古《けいこ》をつけてもらっていた時は、こんなに素晴らしい芝居は初めて見た、と座長だって震えるほど感動していたのだ。これなら、一座の花形としてやっていけるかもしれない。座長は、そうとまでも言った。

だが、舞台の幕が開き、野木座の小さな芝居小屋が満席近くにまで埋まった頃に、その事件は起きた。

「わかってるか、今日の芝居は『新派劇・明治俠客《きょうかく》人情伝』。この文明開化、ヤレ学問だ、ヤレハイカラだの世の中で、御一新《ごいっしん》前の人情を忘れない男気あふれる俠客の話だ。それをお前は！」

裏口にもかかわらずちらほら野次馬の姿も見える。誰かが、巡査を呼ぶか、と走っていったのが見えた。

「男気あふれる俠客が、ただ歩いているだけで舞台から転げ落ちるか？　それも主役を巻き込んで。あまつさえ舞台の上で大げさに謝った挙句、その後の台詞《せりふ》を全部忘れるのか、エ？」

返す言葉もなかった。座長や花形と二、三人で稽古していた時は、そんなことは一度もなかったのだ。座敷の客からは野次と一緒に座布団や弁当の残り物がとび、芝居どころではなくなってしまった。

「お前なんざ役者に向いてねえや、やめちまえ、ヘタクソ！」

よほど腹に据えかねていたのか、座長は大声で寅太郎を罵倒《ばとう》した。頭の上から降ってくる怒鳴り声に耐えながら、寅太郎はぼたぼたと涙をこぼす。

うまくいくはずだったのだ。

どんなに小さな一座でも花形になれば、いつかは――。

「あの、あの、謝りますから、芝居はやめたくないんですよう」

座長の足にすがりつくようにして訴える。

「うるせえ。新派劇も物珍しくもなくなってんだ。ウチみたいな小さな一座はただでさえ厳しいってのに、芝居もできねえ下っ端を雇えるか！」

「それは困ります、ぼくここを追い出されたら、仕事もないんです！」

「知ったことか！　とっとと国へ帰んな！」

勢いよく閉められた裏口の戸が、無情にも寅太郎を拒んだ。

「そんなぁ」

寅太郎は地面に身を伏せた。きっとあの一座ではもう働かせてはもらえないだろう。

寅太郎は、春の初めに、東京から横浜へやってきた。実家を飛び出したも同然、身の回りのものだけを大きな鞄《かばん》に詰めて、たった一人で新橋《しんばし》から汽車に乗り、横浜駅に降り立ったのだ。

着物はひとそろいしか持っていない。灰鼠《はいねず》色の着物に西洋風の帽子と、鼻緒が擦り切れそうな下駄《げた》だけが寅太郎が持っている着物のすべてだ。

長屋を借りて、それから好きな芝居に打ち込むつもりだった。歌舞伎でもなく落語でもなく新派劇を選んだのは、やりたい芝居にまだ近いと思ったからだ。

決して人目を引く顔立ちではない。背丈もおおよそ五尺五寸《しゃくすん》（一六六センチ）程度、役者にふさわしい切れ長の目と通った鼻筋とは無縁で、むしろ目じりはまるく垂れさがり、優男《やさおとこ》といった風体だった。

「もう芝居もできないのかな……それに、お金」

仕事を首になった今、寅太郎に収入のあてはない。もともと身一つで出てきた寅太郎に持ちあわせがあるはずもなく、先だってわけありで買い物をしたせいで、日雇いの給金もほとんど使ってしまった。

「どうしよう……」

座り込んだまま膝《ひざ》を抱えて泣いていると、頭の上から大きなため息が聞こえた。

「喧嘩《けんか》だというから来てみれば、いったいどういうことだ」

顔を上げると、黒いズボンに革の靴《くつ》が見えた。金釦《きんぼたん》が並んだ詰襟《つめえり》、大黒帽《だいこくぼう》に腰にはサーベルを提げている。警官の制服だ。年若い巡査は、興味が失せたように寅太郎を見下ろしていた。

「どうした」

「え、えっと」

寅太郎は困惑した。野次馬の誰かが、喧嘩だと思って巡査を呼んだに違いない。何もしていないのに、腰のサーベルを見るだけで、寅太郎はさっと血の気が引いた。

「す、すみませんぼく！」

「何かしたのか、罪人《ざいにん》か⁉」

「違います！」

すごい剣幕で首元を持ち上げられて、寅太郎はあわてて首を横に振った。

「なんだ、違うのか」

途端に興味を失ったように、巡査が寅太郎をぽいと投げ捨てる。地面にしたたかに身体を打ちつけて、寅太郎はうう、とうめき声を上げた。

「ぼく芝居で失敗して、仕事なくなっちゃったんです……」

寅太郎にとっては死活問題だ。けれど、巡査は眉をひそめたあと、盛大にため息を吐いた。

「この忙しいのに、くだらない問題で呼び立てするのはやめてほしいんだがな」

黒の革靴の先が地面をがつがつと抉《えぐ》る。

「市民の安全のために、日々東奔西走《とうほんせいそう》しているというのに。蔓延《はびこ》る罪人を放り出してこんなくだらない用件に付き合っている暇はないんだが」

ずいぶん物事をはっきりと言う巡査だなあ、と寅太郎は妙なところで感心した。見たところ、自分とそれほど変わりない年の頃で、二十歳《はたち》前後ではないだろうか。最初の一瞬以外、寅太郎とは目を合わせようともしなかった。

「仕事がなくなったと言っていたが、次のアテはあるのか?」

寅太郎は、ちょっとほっとした顔を見せた。聞いてくれるあたり、結構優しい巡査なのかもしれない。

「仕事がなくなって食い逃げや窃盗に走る輩《やから》はごまんといるからな。そうなった時には真っ先に捕縛してやる」

違うかもしれない。

「ううん、このあたりの芝居小屋も一座もどこも雇ってくれなくて」

「芝居以外にもあるだろう。料理屋でもホテルの下働きでも。港に行けば荷運びの仕事だってある」

「いやです」

寅太郎はきっぱりと言った。

「ぼくは役者だから、役者以外の仕事はちょっと」

へら、と首をかしげてみせる。荷運びや給仕の仕事で、芝居の勉強をする時間が減るのは嫌だ。

「銀行員なんかの月給取りになる気は？」

「芝居ができなくなるから、こまるかなあ」

けろりとした顔でそう言うと、巡査の顔がひく、とひきつったような気がした。

「じゃあ、どこでも働く気がないと？」

「あ、いやそういうわけじゃなくて。芝居以外はしたくないかな。いずれ芝居で大成する予定だし」

「……仕事もせずに好きなことばかり、給金をもらうわけでも商売をするわけでもないと。そういう輩が最近多いと聞くが」

巡査が小さく舌打ちをした。

「高等遊民なんぞと気取っている輩がいるから、罪人が増えるんだ。いや、やつらはインテリだと聞くから、あんたはきっと違うんだろうな」

寅太郎は首をかしげた。巡査の蔑《さげす》んだような視線が痛い。

「堕落者《だらくもの》だな。あんたのような輩を堕落者と言うんだ」

はき捨てるように巡査はそう言った。

「食い逃げでもしたら、即座につかまえてやる」

「それは困るんだけど、でも、確かにお金もなくて」

寅太郎は懐の中の札入れに、もう一枚も札がないことを知っている。銭入れに入っている一銭《せん》銅貨の数も、心もとないのだ。

「なんでそんなに金がないんだ。その小屋を首になったのは今日なんだろう」

寅太郎は困ったように頭をかいた。夕暮れ時の空を見上げる。紫色に変わり始めた黄昏《たそがれ》時、まだその〝姿〟をとらえることはできないだろう。

思い描くだけで、震えが止まらない。

「……買ったんです。自転車のチューブ」

「はぁ？」

巡査が目を丸くして、やがて大きく首を振った。ここまで馬鹿だとは思わなかった。そんなふうに言っているように見えた。

「まさか、あの噂《うわさ》を信じている口とは……」

巡査は付き合っていられないとばかりに背を向けて歩き出した。ぴたりと足を止めて、振り返る。

「箒星《ほうきぼし》ごときで騒げる堕落者は、のんきでうらやましい限りだな」
皮肉を浴びせられた寅太郎は、去っていく巡査をぽかんと見送るだけだった。

およそ半年前、明治四十二年九月。独逸《ドイツ》のハイデルベルヒ天文台がまず、地球に迫る彗《すい》星《せい》の姿を発見したことを公《おおやけ》にした。反対望遠鏡を応用し、世界で最も早くその姿を写真に収めた天文台である。日本の唯一の天文台、東京天文台が八インチの望遠鏡でその姿をとらえたのがそのおおよそひと月後。その時の明るさは、わずか十六等星ほどであったという。

彗星の名は、ハリー彗星。約七十六年の周期をもって地球に訪れると言われていた。ハリー彗星が地球に最も近づくその時が、五月十九日から二十日であり、太陽と地球の間を通るその瞬間、ハリー彗星の尾の中に地球が包み込まれるということも、十一月にはすでに新聞を通じて、多くの人の知るところとなっていた。

寅太郎は、長屋の自室で自転車のチューブを手に握りしめて、その当日のことを考えた。五月十九日、午前十一時から深夜二時頃まで、ハリー彗星の尾が地球を通り抜けるのだという。

それについて、恐ろしい記事が出た。

仏蘭西《フランス》のフレンマリオン博士曰《いわ》く、という記事だ。人類は悉《ことごと》く死滅、と見出しが躍り、ハリー彗星の尾に含まれている毒で人類は死んでしまうだろうという内容だった。

「だいじょうぶ、そのためにこれを買ったんだから」

寅太郎は自分にしっかりと言い聞かせた。このところ、眠りが浅い。眠ると夢を見る。ハリー彗星の夢で、その尾の中で自分が毒に苦しんでいる姿を見るのだ。

ハリー彗星の噂が広がるにつれて、自転車のチューブやゴム袋など、空気をためておけるものが一斉に売り切れ始めた。価格は高騰《こうとう》し、寅太郎が何とか見つけた時には、日雇いの給金を幾日か分全部つぎ込んで、やっと買えるといったありさまだった。

「ああ、でも尾の毒だけじゃあなくて、ぶつかっちゃうかもしれないんだよね。それに、洪水が起こるかもしれないし、近づいた熱で地面が溶けるかも！」

寅太郎は半泣きで長屋の畳に突っ伏した。拾ったりもらったりした新聞がわずかばかり積んであり、そのどれにもハリー彗星の記事が載っていた。

彗星というものは、もともと凶事の前触れである。日本でも古くから怪星として忌み嫌われてきた歴史が深い。近づけば洪水が起こり、大嵐が起こって国が倒れる。蝗《いなご》が発生して米が食い荒らされる、など新聞では嘘か真《まこと》かわからぬことが日々載るようになっていた。

「ぶつかって地面が粉々になったら、いや、それより尾の毒がつよくて、チューブじゃどうにもならなかったらどうしよう。いやまて、こんな小さなチューブで十五時間も耐えられるわけがないよ。やっぱりもうちょっとたくさんチューブとかゴム袋とかをそろえておくべきかなあ」

そこまで考えて、寅太郎はうなだれた。

「ああ、でも小屋を首になっちゃったんだ、お金、ないんだよなあ」

寅太郎の六畳の長屋には、最低限の物しかない。布団一組に、物入れが一つ。茶碗と湯呑みと箸《はし》。手ぬぐいや帳面などの必要な物以外、何もない。

寅太郎自身は、その物の少なさにはあっけらかんとしたものだった。暮らしていけるのだから、これぐらいで丁度《ちょうど》いい。今までが、周りに色々ありすぎたのだ。煩《わずら》わしいものを全部帝都に捨て置いて、自分一人で踏みしめる横浜の地は、新鮮でたまらないものだった。

「でも、お金はもう少し持ってきたらよかったかもしれないなあ」

寅太郎は、長屋の引き戸を開けた。立てつけが悪く、あちこちに引っ掛かる。

時刻は真夜中、午前三時。空を見上げると、丁度よく晴天であった。黒々とした夜の空に、星が煌《きら》めいているのが見える。

その中でもひときわ輝く星がハリー彗星だった。まだ肉眼で尾は見えない。だが東京天文台の話では、ニクリアスと呼ばれる核を、くるんでたなびく白光の尾が観測されているという話だった。

寅太郎はぶるりと身震いした。

「まだ死にたくないなあ……西洋劇の主役にもなっていないし、『ハムレット』も『オセロ』も演ってないのに」

自転車のチューブを抱えながらぽたぽたと涙を流していると、ふと目の前の長屋の引き戸が目にうつった。寅太郎の長屋は、中庭を四角く囲むような造りになっている。中庭を挟んで向かい側。

月は半月、東の空より上り始めた頃合いである。うすぼんやりと照らし出された長屋の戸に、絵が貼ってあった。

「なんだろう、これ」

中庭を渡って絵をのぞきこむ。ずいぶんと奇妙な絵だった。赤と黒で人のようなものが描かれていて、どうも何かから逃げ惑っているように見える。人も地面もどこか角があり四角形を彷彿《ほうふつ》とさせる。見る者を不安に陥《おとしい》れる、ぞっとするような絵だった。

「うわあ、怖いなあ」

何でこんなものを戸に飾るんだろう。その日は首をひねりながら、自分の部屋に戻って何とか眠りについた寅太郎だったが、その疑問は、次の日、向かいの住人によってあっさりと解決した。

その絵は、『箒星尾中地獄之絵図《ほうきぼしびちゅうじごくのえず》』というらしい。

世は明治になって四十年以上経つが、長屋の暮らしはそれほど変わらない。寝不足の寅太郎が朝、中庭に出て目をこすっていると、丁度起き出してきた向かいの住人と顔を合わせることになった。名を、大木《おおき》という。戸板に貼ってあるあの絵はなんですか、と問うたところ、大木はやや得意気にそう答えた。

「前島さん、こりゃあねえ、『地獄絵図』だよ」

「はあ?」

寅太郎は首をかしげた。

「知らないのかい?　アンタ、自転車のチューブを抱えて寝ているほどなのに、とっくに手に入れていると思ってたよ」

大木が戸板の地獄絵を指した。

「山下《やました》の道端で絵を売っている男がいてね、その男が見事な『地獄絵』を描くんだ。誰ぞ聞いてみたら、ハリー彗星の地獄絵だとさ」

寅太郎はまじまじと絵を見つめた。

なるほど、確かに毒に苦しんでのたうちまわっている人、に見えなくもない。でも、地面に転がっている里芋にも見えるような気がするなあ、とは思っても言わなかった。

「今月の十九日に尻尾の毒を通るだろ。それで、この絵を持っているとその毒を全部先に吸ってくれるって噂で、えらい評判だそうだよ」

「本当に⁉」

寅太郎は大木に嚙《か》みつかんばかりにつかみかかった。この地獄絵にそんな効果があるなら、手に入れられれば一安心だ。

「すごい剣幕だなあ、前島さん。そんなにハリーを怖がってちゃあ、アンタ、そのうち高《こう》楼亭《ろうてい》の主の二の舞になるんじゃあないかね」

大木が呆れたように笑った。

高楼亭の事件なら、寅太郎も知っている。先日、山下にある料亭、高楼亭の主がハリー彗星を恐れ、とうとう店の名物である楼《ろう》から飛び降りたのだ。高楼亭といえば、山下の中でも抜きん出て高い建物で、街を見下ろせる楼で酒が飲めると評判だった。高さは、三階建ての横浜正金《しょうきん》銀行と同じくらい。巡査が駆けつけた時には、主はすでに死んでいたという。

「去年からこっち、伊藤公《いとうこう》の暗殺やらあちこち続く大火やら、彗星の凶事もあながち迷信じゃあないかもしれんね」

ひひひ、と笑った大木は、仕込みがあるといって仕事に出かけていってしまった。昨日までは寅太郎もそのはずだったのだが、今は何もすることがない。

「地獄絵を、買いに行かなくちゃ」

そうじゃないと、いつか自分も恐ろしくてたまらなくなって、飛び降りてしまうかもしれない。あながち大木の話は冗談でもないのだ。

時は五月三日。

ハリー彗星の最接近まであと十六日と迫った頃だった。

山下町、元町《もとまち》の中華街《ちゅうかがい》のすぐ傍《そば》で男が一人、地面に絵を広げて座っていた。新聞紙を敷いた上に腰をおろし、地面に直《じか》に絵を置いている。道行く人々が、何事かと視線を投げかけているのが見てとれた。

「あれかなあ」

伊勢佐木町から山下までぶらりと歩いてきた寅太郎は、地面に広がっている絵を見て、そうつぶやいた。あの赤と黒の色彩、それにあちこち角張った絵は、噂の地獄絵に違いない。まだ数枚あるようで、寅太郎はほっとした気持ちで男に近づいた。

「あの」

声をかけると、座っていた男が顔を上げた。

「なんだ」

「ひいっ！」

男がぬっと立ち上がった。その姿を見て、寅太郎は短く悲鳴を上げた。

まず、身の丈が寅太郎よりも頭一つ分大きい。六尺三寸《すん》（一九〇センチ）はゆうに超えているに違いない。肩幅もがっしりとしており、羽織《はおり》の下に着ているシャツが張っていて、剛の者だろうというのがすぐにわかる。

地味な縞《しま》の羽織に茶の袴《はかま》、その身の丈の高さで、寸足らずに見える。服ばかりは書生《しょせい》の様だったが、何より顔が怖かった。眉が太く、その下にやや瞳の小さな目がひそんでいる。視線をちらりとよこされただけで、睨まれているような気がして寅太郎は身をすくめた。

「なんだ」

男がもう一度、寅太郎にそう問うた。寅太郎ははっと顔を上げた。そうだった、自分の目的は地獄絵を求めることだ。

「あの、絵が……欲しいんです、けど」

男の眉が、わずかに跳ねあがった。その仕草ですら恐ろしくて、寅太郎は半泣きで身を縮めた。男の手がぬっと持ち上がる。

「ひいっ」

何かマズイことを言っただろうか、あの大きくてごつごつした手で殴られるのかもしれない。身をすくませた寅太郎の肩を、男の手がつかまえた。

「そうか、この絵の良さをわかってくれるのか」

男の太い五指が肩に食い込み、石の重りでも乗せられたように、その場から動けなくなってしまう。

思いもよらないことを問われて、寅太郎は混乱の極みだった。足元に広がる奇妙な絵を眺めて、数瞬考える。地獄絵か、赤い里芋の絵だ。

「いや、ええと、その絵を持っているとハリー彗星の毒から逃れられる、と聞いて」

寅太郎がそう言った途端、男が不機嫌になったのがわかった。表情はほとんど変わらないが、眉がほんの少しひそめられているのがわかる。ふう、とつまらなさそうなため息が聞こえた。

「なんだ、お前もその類《たぐい》か。どいつもこいつも、おれの絵を少しもわかろうとしない」

男が寅太郎の肩から手をはなして、そのままた地面に座り込んでしまった。どれでも持っていけ、と言わんばかりに地面の絵をほったらかしたままそっぽを向いてしまう。

「これ『箒星尾中地獄之絵図』ですよね？」

「おれの絵を買っていった連中が勝手につけた名だ。おれは地獄絵なんて描いていない」

「じゃあ、何を描いたんですか？」

寅太郎が問うと、男はやや顔を上げて、寅太郎と視線を合わせた。見上げられているせいか、睨みつけられているように見えて、寅太郎は身をすくませる。眼光の鋭さで人を射殺せそうな男だ。

「ハリー彗星におびえる人々の心の中や、終末論に踊らされている滑稽《こっけい》さを激情の朱《あか》と沈黙の黒で描いた。形のないものを描くために、四角という一つの形態を象徴として使い、それをすべてに求めることでより秀逸な表現ができたと思う」

「……何だって？」

寅太郎は、おもわず聞き返していた。男がどこか遠くを見るように、視線を宙にさまよわせた。

「心の中を描くという試みもさることながら、象徴として一つの形を取り入れるというのはやはり素晴らしいと思う。ただの四角い形を踏襲《とうしゅう》しているように見えてそれぞれが個として人間の感情を表すことに成功していると思うんだ」

　思うんだ、と言われても困る。

「〝すべてをキューブに還元する〟いい言葉じゃないか、そう思わないか？　これは絵画の新しい時代を切り開く手法だ」

「どなたの言葉ですか？」

「知らないのか？」

「はあ、すみません」

　がっかりしたように言われて、寅太郎は一応頭を下げておいた。

「巴里《パリ》の批評家だ」

　知っているはずがない。寅太郎は喉《のど》まで出かかった言葉をかろうじてのみこんだ。

　どうやら男が言うには、この絵は地獄絵でも里芋の絵でもないらしい。ハリー彗星がもたらした不安や混乱を、なんだかカクカクした線を使って描いてみた、ということだろうか。

「じゃあこの絵を持っていても、ハリー彗星からは救われないわけですか？」

「さあな。少なくともおれはそんなつもりじゃない」

「そんなあ」

寅太郎は肩を落とした。ハリー彗星の最接近まであと半月あまり、自転車のチューブだけでは心もとないというのに。

「うう、せっかく地獄絵が守ってくれると思ったのに、こんなわけのわかんない絵だったなんてえ」

「なんだと?」

寅太郎の言葉を聞きとがめて、男が眉を吊り上げた。その様は鬼か般若《はんにゃ》か、女、子どもが見たら脱兎《だっと》のごとく逃げ出しそうだ。寅太郎も、一歩後ずさった。いつでも逃げられるように、身体が半分後ろを向き始めている。

「あの、絵は必要なくなったので、ぼくは、これで」

駆け出そうとした瞬間に、男の言葉が寅太郎を振り返らせた。

「おれの絵がわけがわからないとはどういうことだ。嘆かわしいな、芸術が理解できないのではないか」

「……なんだって!」

おもわず振り返っておいて、一瞬後悔する。それでも、今の言葉は黙っていられないのだ。男の顔は泣きそうなほど恐ろしいが、芸術がわからない、と言われて黙っていることはできない。

「ぼ、ぼくほど芸術を理解している人はそうそういませんよ！」

拳《こぶし》を握りしめて、反撃に出る。その視線に射すくめられそうになりながら、自分を叱咤《しった》した。ここで負けていられない。

「だいたい、絵の一枚や二枚で人の心を表現しようなんて。その点西洋演劇は違いますよ、人の心の動きや感情のざわめく様を、美しい歌と踊り、力強い台詞で伝えることができるんです！」

「西洋演劇だ？」

男が太い声で言った。

「そうです。歌があり、踊りがあり、登場人物が生き生きと喋《しゃべ》るんだ。歌舞伎とも新派劇とも違う、もっと別の世界があそこにはある！」

寅太郎は男にくってかかった。男が、目を眇《すが》めた。表情は乏しいが、馬鹿にしたように笑われた気がした。

「うう……か、顔が怖いからって負けないんだからな！」

完全に腰が引けているが、背を向けようとはしなかった。

「巴里《パリ》で何度か観たがあれがそんなに素晴らしいものか。芸術だということは認めるが、絵のほうがよほど繊細かつ大胆に表現できる。それも、キューブの絵が一番だ」

いに決まってる！」

自分だってまだ本場の西洋演劇を観たことがないのに……！

「本物を観ておいて、絵のほうが繊細かつ大胆だとは何事だ、西洋演劇のほうが素晴らしいに決まってる！」

嚙みつかんばかりの剣幕で寅太郎は言った。最初は丁寧だった言葉づかいも、どんどん乱雑になって、言葉ごと相手にぶつける勢いだ。寅太郎は、もうすでに巨大な熊か何かに立ち向かっているような心地だった。男の手足の一挙一動に身体がすくむが、逃げれば負ける。それは絶対に嫌だった。

「お前こそあの〝キューブ〟の絵の素晴らしさを知らないんだ。あんなに大胆な構成なのに、繊細で緻密……おれが目指す絵を馬鹿にするつもりか」

「いや、馬鹿にするつもりとかそういうんじゃ、ないんだけど。でも、そっちこそ、ぼくの目指す西洋演劇を馬鹿にするな！」

大の大人が二人睨み合う様を見て、周りが何事かと集まってきていた。

男の大きな手が寅太郎の胸倉をつかみあげた。

「ひっ」

つま先立ちになるが、負けてはいられない。寅太郎も男の胸倉に手を伸ばした。つかみ合っていると言えば聞こえはいいが、攻勢は一方的に見えた。寅太郎の背が男に比べてずいぶん低いからだ。男は余裕なふうであったが、寅太郎はつま先立ちでぎりぎりと喉が締めつけられて苦しかった。

　男が、低い声で言った。

「だったらお前の言う西洋演劇とやらを見せてみろ」

　そう言われれば、寅太郎だって引き下がれない。

「や、やっ、やってやる！」

　つま先立ちだった両足をしっかり地面につけると、寅太郎は男を睨みつけた。

「巴里で何を観た？」

　それを演る。そう言うと、男はややあってぽつりと答えた。

「ロミオとジュリエット」

「セーキスピアだね」

　西洋演劇といえばセーキスピアである。しかし歌舞伎を中心としていたこの国の演劇事情は、些《いささ》か複雑になりつつあった。原作をそのまま翻訳した「翻訳劇」と、西洋の演劇を日本に置き換えて上演する「翻案劇」。主流はいまだ翻案劇であり、セーキスピアの、『ジュリアス・シーザー』『ハムレット』『オセロ』に続き、『ロミオとジュリエット』も世に知られるようになってきている。

寅太郎は、『ロミオとジュリエット』の翻訳劇を観たことがない。けれど、日本語訳も英語の戯曲も、何度も何度も読み返した。

舞台は、四百年前の伊太利《イタリア》。互いを敵対視する家系に生まれた青年ロミオと少女ジュリエットが、望まれない恋に落ちてしまう悲劇だ。二人の熱い恋心と、当時の殺伐とした空気が、セーキスピア特有の言い回しで表現されている。

寅太郎は、いつか自分もロミオを演るつもりでいた。

「会うことを禁止されている二人だけど、ロミオが高い塀を越えてジュリエットに会いに来るんだ。二人の恋は誰にも止められない」

広い庭、高い塀の向こうに愛する人がいる。

寅太郎は、すう、と腕を伸ばした。顎《あご》は少し上げて、見上げるように。愛らしいジュリエットの顔が、そこにあるはずだ。

――こんなに高い塀に囲まれているのに、どうしていらっしゃったの？

ジュリエットはこう言う。不安そうにしながらも、恋人であるロミオが訪ねてきてくれたことが、うれしくて仕方ない。そういう若い恋心がいっぱいに詰まった台詞だ。

そして、ロミオは少し笑いながらこう返す。君に会えるこのうれしさは、なにものも拒むことができない。そういう想いを込めて。

「――恋の軽い翼で塀は飛び越えた」

目の前で、ジュリエットが頬を染めて微笑《ほほえ》んだ――。

その瞬間に、寅太郎は気がついた。

目の前の男だけではない。何事かと野次馬が集まって、いくつもの視線が寅太郎をとらえていた。好奇心の視線が突き刺さる。

たくさんの目が、ぼくを見ている。そう思った途端、今まで目の前に広がっていた、四百年前の景色も美しいジュリエットも、胸の中をいっぱいにしていたロミオの想いも、すべてが吹き飛んで消えた。

「あ、え……っと」

固まって台詞が出てこなくなる。

「い、石垣、などでは……っ、石垣がこの恋が、じゃなくて、恋、を……」

ジュリエットに向けて上げていたはずの腕はだらりと落ちて、顔はうなだれたようにうつむいている。焦りながらしどろもどろに繰り返す寅太郎を見て、野次馬からはささやくような笑い声がこぼれ始めた。かっと顔が赤くなった。涙がにじむ。たくさんの人に見られていると、途端にだめになるのだ。何十回も戯曲を読んで、自分で何度も演じているのに、いつも本番でちっともうまくいかない。

「お前……」

男が呆れたように寅太郎に視線を向けた。同情されているのだろうか。男は無言で何も言わないまま、寅太郎の腕に自分の絵を一枚押しつけた。

「持っていけ。ハリー彗星に効くかは知らんが、気休めくらいにはなるかもしれない」

代金を受け取る気はないらしい。

野次馬が煩わしくなったのか、男は広げた絵をさっさとまとめて、持っていた鞄の中に突っ込んでしまった。今日は早々に店じまいをするようだった。

振り返って、いまだにうなだれている寅太郎に、少しばかり柔らかい口調で告げた。

「向いていないと思う」

「……そんなこと、ない」

悔しくて、寅太郎は男に背を向けた。笑っている野次馬を押しのけて走り出した。

どうして、ぼくはいつも大事な時にうまくいかないんだろう。これじゃあ、せっかく横浜に出てきた意味がないじゃないか。

走って走って、伊勢佐木町の長屋にたどり着いた。畳に突っ伏してぐずぐずと泣いた。

「どうせぼくはだめなんだぁあ」

仕事から帰ってきた大木がうるさいと戸を叩きに来るまで、寅太郎はその泣き声を止めることはなかった。

水谷正義《みずたにまさよし》は、伊勢佐木町警察署の巡査部長だった。伊勢佐木町周辺から横浜全体までを管轄《かんかつ》とする伊勢佐木町警察署でも、同期の中では出世頭と言ってもいい。

嫌いなものは、法に背くもの。

水谷は、警官という仕事に誇りを持っていた。罪人は取り締まられるべきであるし、見逃されるべきではない。それはどんなに小さなものでも、相応の罰を受けるべきだと思っていた。

「何が、堕落者だ」

几帳面《きちょうめん》な性格であり仕事に誇りを持ち、きっちりと生きることに使命感すら覚えている水谷にとって、あの堕落者の発言は信じられないことだった。街中で土下座していたと思ったら、仕事を首になった上でさらに好きなこと以外はやりたくないのだと言う。

やりたいことを貫くのはいい。だが、必要な物は得ねばなるまい。やりたいやりたくないの問題ではないと、水谷は思っていた。

「この国の行く末も憂《うれ》いが多いな。ああいう遊民が増えれば、富国も強兵もなるまい」

こつ、と腰のサーベルに指を打ちつける。だから、自分が少しでもこの国のために、治安を守らねばと思っていた。元来、真面目な性格なのである。

水谷は、伊勢佐木町を警邏《けいら》しながら、道行く人々と人相書きを眺めては比べていた。

一年ほど前に、帝都・東京の警視庁からまわってきた人相書きだ。目鼻立ちは〝想像のもの〟と書かれている。輪郭《りんかく》と髪型だけが頼りであり、つまりは何の役にも立たない代物《しろもの》であった。

数日前に、水谷は前任者からこの事件の引き継ぎを受けた。一年探して見つからぬ、他の仕事の合間にでも、と人相書き一枚を渡されただけだが、水谷は真剣だった。

「横浜に入ったというからには、おれが捕縛せねば」

一年前、東京であちこちを荒らしまわったという、詐欺師《さぎし》が横浜に入ったところであとを追えなくなった。人死にでも強盗でもなく詐欺師をわざわざ警視庁が手配するのだから、帝都で大事でもやらかしたのだろうか。

もしやこれは国家に関わる大事件かもしれぬ。水谷は、がぜんやる気がわいてきたのを感じた。このような大事件を自らの手で解決したとなれば、自分の評価も大きく上がるはずだ。

「そうなれば、愛《あい》さんもきっとおれを認めてくれるはずだ」

人相書きを皺《しわ》がつくほど握りしめた。自分は堕落者とは違うのだ。国を憂い、この街を憂い、罪を憎み、法で罰するために日々努力している。

「水谷」

声をかけられて、水谷は振り返った。同僚が自分を手招いている。

「どうした？」

「手伝ってくれ、新富《しんとみ》通りで騒動だ」

「いや、すまんがおれは……」

水谷が人相書きを握りしめているのを見て、同僚が苦笑した。

「どうせ見つからんよ」

「わからんだろうが」

「上も、警視庁に突っ返せないが、かといってどうこうするでもない案件を、適当に投げただけだ。こっちも人手が足りないんだ、頼むよ」

水谷は一つため息を吐いた。

「……わかった」

人相書きを制服の懐にしまいこむ。

「どうした」

「また心中騒動だ」

水谷は眉をひそめた。

「あれか、またハリー彗星が、というやつか」

このところ、騒動が続いている。同僚がうなずいた。

「ああ。今度は大店《おおだな》の娘を引っさらって横浜湾に飛び込むとわめいているそうだ。どうせ五月十九日には皆死んでしまうのだから、とな」

くだらない噂を信じる者が多すぎる。水谷は額に手のひらを当てた。

ハリー彗星が地球に接近する、それも尾の中を地球が通るとわかってから、世は騒然としていた。もちろん、ほとんどの人間はそういう噂もあろう、といたって普通であったのだが、根も葉もない噂を信じる輩も少なくなかった。

「終末論を叫んだかと思えば、心中騒ぎに加減を忘れた遊蕩《ゆうとう》、果ては自殺だ」

「高楼亭の件か？」

同僚が問うた。このところハリー彗星にかこつけた騒動や、噂を信じた者たちが引き起こす事件が頻発《ひんぱつ》していて、そのたびに引っ張り出される警察署や派出所の巡査連中は皆、うんざりしているのだ。

「ああ。ハリー彗星を恐れて、ついには楼から飛び降りたそうだ。嘆かわしいな」

「彗星一つでこの騒ぎだ、まったく、はやく通り過ぎてくれないものかな」

心底のため息とともにそう言った同僚に、水谷も深くうなずいて同意した。


不本意ながら地獄絵を手に入れた次の日、寅太郎はその絵を突き返すために、再び山下を訪れていた。手には、皺になった地獄絵が握りしめられている。同情でもらったものだし、ハリー彗星には効果がないというから、持っていても仕方がない。正直、この不気味な赤と黒の絵が家の中にあるのは少し嫌だったのもある。

突き返すついでに文句の一つでも言ってやろうと、寅太郎は意気込んでいた。もともと簡単に落ち込むものの、さっさと立ち直って、失敗を深く考えない性質《たち》である。

「今度こそ、西洋演劇の本質を見せてやる！」

すっかり立ち直った寅太郎は、自分の腹が鳴ったのを聞いた。漂ってくるうまそうな出《だ》汁《し》のにおいのせいである。昨日から、何も食べていない、というのもあるかもしれない。

数年前まで山下から山手《やまて》にかけて、異国人の居留地が広がっていた。御一新の頃に結ばれた修好通商条約に基づいてつくられた、貿易や外交でやってきた異国人が住む場所である。十数年前に条約が改正され、居留地が返還されてからも異国人が多く住む場所であることに変わりはない。

山下には異国と関わりの深い建物が多くあった。英吉利《イギリス》領事館に、米国系のスミス・ベーカー商会、英吉利系列のジャパン・ヘラルド新聞社。海から少し離れた元町には中華街が広がっていて、萬陳樓《まんちんろう》や安楽園《あんらくえん》など中華料理店がひしめいていた。

その中華街の側に高楼亭という料亭がある。

高楼亭は、居留地に住む異国人向けに和食を出す店で、外側は寺院にある三重塔を平たく広げたような造りだった。階層ごとに挟まれる瓦屋根や屋根飾りの日本的な造りと、西洋風の煉瓦を折衷《せっちゅう》したような壁の奇妙な三階建てである。

何より人目を引くのは、西の端から伸びた高い楼だった。煉瓦の楼で、内側には螺旋《らせん》階段が、一番上には三人か四人が丸く座れるだけのやぐらがある。そこで夜風に当たりながら、瓦斯《ガス》灯の灯る山下の街を眺めるのが粋《いき》だと、その界隈《かいわい》では人気のある料亭だった。

料亭から漂ってくる出汁の香りに鼻をひくつかせて、寅太郎はふらふらと近寄っていった。何せ、金がない。仕事もないのだから当然だ。明日食うにも困っているのだから、と寅太郎はすきっ腹を抱えたところで、一つひらめくものがあった。

手の中の地獄絵を見つめる。

「これ、売れないかな」

高楼亭といえば、ひと月ほど前に主がハリー彗星の所為《せい》で亡くなっている。給仕や料理人たちもおびえているのではないだろうか。

「いい考えだぞ、別に、そんな高値じゃなくていいんだ。五銭か、十銭ぐらい」

そば一杯が三銭だから、一食や二食にはなるはずだ。

「あの絵描きだって、自分の絵が広まったほうがうれしいはずだし、高楼亭の人たちだってハリー彗星から守ってくれると思って、明るい気分になるはずだ！」

そして、自分は一食か二食、食べることができる。誰も不幸にならない、素晴らしい策じゃないか。

罪悪感を振り払うようにそうつぶやくと、寅太郎は入り口の観音開き扉の中をのぞきこんだ。中のエントランスも、椅子と卓が並ぶ西洋風になっている。ところどころに屏風《びょうぶ》や掛け軸などが飾られていて、まさに和洋折衷といった雰囲気だった。

出汁のにおいに混じって、ふわり、と香るものがあった。何かの香《こう》かな、と首をかしげる。料亭で珍しいなと思いながら、寅太郎はすみません、と声をかけようとした。

「おねがいします！」

突然叫び声が聞こえて、寅太郎は目を丸くした。

「是非に来ていただきたい」

頭を下げているのは、身なりのいい男だった。紋付《もんつき》の羽織に、ひと目で高価な仕立てとわかる藍《あい》の着物。髪はきちんと撫でつけられ、口元に蓄えられたひげも整えられていた。

エントランスの真ん中。ゆったりと椅子に腰かけている男に、何かを頼み込んでいるようだった。結構な騒ぎになっていて、女給たちや番頭が注意深くその光景を見つめている。

「どうしてぼくが？」

話の相手の風体《ふうてい》を見て、寅太郎は驚いた。

絶世の美丈夫だった。

透き通るような白い肌に、さらりと細い髪が流れている。歌舞伎役者のような切れ長の瞳とすうっとまっすぐに通った鼻、薄い唇が不満そうに歪められていた。

身の丈は寅太郎より幾分高いだろうか。だが目を引くのは、そのひどく整った面《おもて》だけではなかった。真っ黒な山高帽《やまたかぼう》に蝶《ちょう》ネクタイとシャツ。洋装かと思いきや、下はくしゃりと皺だらけの袴で、足元はブーツである。文明開化に沸いた明治初期によく見たような、奇妙ないでたちだった。

料亭の女給たちが、あちこちでその姿をのぞき見ているのが見えた。きゃあきゃあと騒ぎ立てては、男を指差している。

身なりのいい男が、美丈夫にぺこぺこと頭を下げた。

「高楼亭でハリー彗星に関する研究をしていらっしゃるとかで、そのお力を借りたいのです」

その後ろから、高楼亭の番頭が口を出す。

「こちらとしても早く出ていっていただきたいんですがね、有坂《ありさか》様」

どうやら、美丈夫の名は有坂というらしい。

「あの楼は主のことがあってから、立ち入りを禁じていると何度言えばわかっていただけるのでしょうか。毎夜毎夜勝手に上がり込まれては、こちらとしても迷惑です」

「どうせガラクタ置き場になっているんだから、いいじゃあないか」

あの有坂という男は、立ち入り禁止の楼に勝手に上がり込んでいるようだった。高楼亭の楼といえば、ハリー彗星を恐れて主が飛び降りた場所だ。さすがに、事が済んで客を入れるというわけにはいかなかったのだろう。

番頭は大きなため息を吐いた。

「確かに、有坂様には主の件の際に、居座る警察の方々を体《てい》よく追い払っていただいたのは事実。その礼にと一宿一飯を申し出たのも事実です」

「別に、ハリー観察の邪魔をするんだもの、君たちのためじゃあないよ」

「……すでに五日目、楼の立ち入りも禁じております。申し訳ありませんが楼から辞していただけませんか」

「ぼくはあの高い楼が気に入っているんだ。風が気持ちいいし、山下の街も見下ろせる、海だって見えるんだからねえ。それに、街中では一番ハリーが綺麗《きれい》に見えるからね」

女性が聞けば、きっと甘いと感じる声色で、男はそう言った。

「有坂さんは、彗星を研究しているんですか？　天文学者なんだ」

物珍しさに、寅太郎はおもわず会話に割り込んだ。有坂は片眉を跳ね上げた。嫌味なほどその面に似合う所作だった。

「誰だい？」

「あ、いや……」

寅太郎は自分に視線が集まっているのを感じて、しどろもどろになった。

「まあいい、ぼくの研究を知りたいなら、それが誰でも関係ないよ、浪漫《ろまん》を解するだけの脳みそがあればね。君はどうかな？」

寅太郎は呆然《ぼうぜん》と立ちすくんでいた。浪漫、ってなんだろう。

「ふむ、どうやら馬鹿のほうかなあ。まあいいや、ぼくの浪漫研究の話を聞けば、君の狭い視野もおのずと開けるだろうしねえ。いずれぼくに泣いて感謝するようになるかもしれないけれど、そういうのは鬱陶《うっとう》しいからいいよ」

有坂はペラペラと好き勝手に話すと、卓を人差し指で叩いた。

「ぼくは天文学者じゃあない、浪漫研究家さ」

「浪漫研究家？」

そんな職業、初めて聞いた。

「浪漫研究家とはすなわち、森羅万象《しんらばんしょう》すべての浪漫成るものを物質に憑依《ひょうい》せしめることさ。この世は浪漫で満ちあふれているからね！」

寅太郎はぽかんと口を開けた。高楼亭の女給や番頭はまたかというような、幾分呆れたふうである。

「ぼくの浪漫発明を使えば、ハリー彗星なんてどうとでもなるよ」

自信たっぷりにそう言うものだから、寅太郎の隣で身なりのいい男が、顔を輝かせた。

「それでは、彗星に明るいというのは本当なのですね」

「ぼくの知識と浪漫の範囲であることは確かだよ」

有坂が得意満面で、唇を吊り上げてみせると、女給たちがまたきゃあ、と沸き立った。

そのわずかな仕草と笑みが、整った面をいっそう艶《あで》やかに見せている気がして、寅太郎はげんなりした。

「素晴らしい！　ぜひその研究の成果をうちの披露会で見せていただきたい」

身なりのいい男が、大げさに手を打ち合わせた。

「西様《にし》、あまりこの男の言うことを真に受けては……」

番頭があわててなだめに入る。

西、と呼ばれた男は、番頭をぐい、と押しやった。

「今は、ハリーに対抗できるものならなんでも求めたいのです。どんなものでも、藁《わら》にでもすがる思いです」

「しかし西様、ハリー彗星の噂は、あれは信ずるに足るようなものではないかと」

番頭の言う言葉に、男は耳を傾けようとはしなかった。

「わたしは西又司《またじ》というものです。横浜の新港《しんこう》埠頭の傍で、西貿易という貿易会社を営んでおります」

又司が、有坂に握手を求めた。

「このたびはハリー彗星が接近しているという恐ろしい事態をうけて、なんとかせねば、と思い、何か手段をお持ちの方たちを集めて、披露会を催《もよお》すことにしたのです」

「披露会？」

有坂がいぶかしそうに問い返した。

「はい。何でも構いません。ハリーの脅威から我々を守ってくれるものであればいいのです。有坂さんの研究がそれだというのなら、西貿易が研究費のすべてを賄《まかな》います」

今まで少しも興味がなさそうだった有坂が、視線を上げたのがわかった。番頭たちが呆れ半分、有坂と又司を見比べている。

「いいねえ、研究費を出してくれるというのは興味深い。浪漫研究はとても物入りでねえ、浪漫発明も、第百六號《ごう》まで構想があるのに、まだ四十二號までしか完成していないんだ。試作もたくさん作りたいし、実験もしたいし、先立つものがあるのはありがたいねえ」

有坂の言葉を受けて、番頭が顔を上げた。

「あんたうちで散々飲み食いした金、まとめて払う約束ですよ！」

有坂がごそごそと袴の物入れに入れてあった札入れを取り出した。中を確かめて首を横に振った。

「この間発条《ばね》をたくさん買ったから、お金なんてあるわけないよねえ」

笑った有坂を見て、番頭が目を見開いた。

「おいくらでしょうか、うちで払います」

又司が札入れを取り出した。有坂のものとは違って、はち切れんばかりに札が詰まっている。それを見て番頭が肩の力を抜いたのがわかった。

「あと有坂様、楼の上に置いたなりのあのガラクタ、お持ち帰りくださいね」

「あれ、試作の失敗作だからさあ、適当に捨てておいてよ」

「そんな、あんなわけのわからないものを！」

番頭が声を荒らげた。

「まあまあ、誰ぞ人でも呼んで処分させてください」

又司が人好きのする笑みで窘《たしな》めて、札入れからもう一枚札を取り出した。気前よく番頭に握らせる。

寅太郎はそれを見て、自分の懐具合を思い出した。こんな変な男の話を聞いている場合ではない。明日の飯代を手に入れなければ、そのうち飢えて死んでしまう。

「あの、よかったら、これ」

寅太郎は持っていた地獄絵を卓の上に差し出した。

「ハリー彗星の毒から守ってくれる地獄絵なんですけど、いりませんか？」

びくびくしながら、又司の顔色をうかがった。浪漫研究家、という聞くだに珍妙な有坂の知恵を求めるぐらいだから、この絵にも十銭か、もしかすると三十銭ぐらいは出してくれるかもしれない。そうなればそば十杯分だ。

「あ、あの五十銭……すみません高いですよね、ええと、四十銭では」

又司が、寅太郎の肩に手を置いた。

「探しておりました！」

「ええ⁉」

「巷《ちまた》で噂の、『箒星尾中地獄之絵図』の絵師でしたか。あなたにも披露会にぜひご参加いただきたくて、探しておりました」

まずいことになった。寅太郎は肩を震わせながら必死で考えた。この地獄絵は寅太郎が押しつけられただけだ。ここは、素直にそう言って、十銭でも十五銭でももらって帰ったほうがいいに決まっている。

「いや、あのぼくは……」

「披露会では素晴らしい晩餐《ばんさん》も用意しております。どうぞ、わたしの屋敷へ」

ぐう、と腹の虫が鳴いた。

「ぜひ、お伺いします」

寅太郎は空腹に白旗を上げて、大きくうなずいたのだった。

山手界隈は、山下と同じく旧居留地で、今なお外国人が多く住む場所だった。坂を上がると外国人墓地が広がり、異国かと思うようなたたずまいの家々が立ち並んでいる。旧居留地の一角、外国人墓地のすぐ傍に大きな洋館があった。白い壁に赤い屋根、緑色の窓枠には硝子《ガラス》がはめられている。二階建てで、石造りのバルコニー、玄関扉は窓枠と同じ緑色だ。庭には獅子頭《ししがしら》の水道があり、丁寧に整えられた庭には薔薇《ばら》が植えられていた。

洋館は、西又司の邸《やしき》だった。

「居留地が返還された頃に、知り合いの英吉利《イギリス》人から、邸の家具一切を含めてすべて譲り受けたのです。庭も美しいし、港に出るにも便利な場所でね、気に入っています」

寅太郎はもっともらしくうなずきながら、内心困ったことになったぞ、と冷や汗をかいていた。庭を横切る石畳を踏みしめながら、落ち着きなくあたりに視線をやる。

寅太郎の後ろを少し離れて、有坂がついてきていた。背中に大きな風呂敷《ふろしき》包みを背負っていて、整った顔、奇妙ないでたちの三拍子で、ここに来るまでに散々注目を浴びていた。ただでさえ、山手には女学校が多い。海老茶《えびちゃ》の袴をはいた女学生たちが、有坂を指して頰を染めて通り過ぎていくのを何度も見た。その前を歩いている寅太郎など、少しも目に入っていないかのようにだ。

「ええっと、名前は聞いたっけ？」

有坂が唐突に寅太郎にそう問うた。

「いや、前島です。前島寅太郎」

「そう。前島君は絵師なんだよねえ」

これにはうなずくしかない。

「奇妙な話だよねえ、ハリー彗星から逃れる方法を、披露会で探すってさあ」

「でも、彗星は恐ろしいですから。衝突して死ぬかもしれないし、尾の毒で死ぬかもしれないって」

一瞬きょとんとした有坂は、次の瞬間盛大に噴き出した。

「あはははは、あり得ないね、あんな与太話を信じているのかい君？　やっぱり思った通り、浪漫発明どころか世の常識も知らないなんてねえ」

美丈夫に笑い飛ばされて、寅太郎は非常に悔しい思いだった。初対面の男にそこまで言うことはないのではないだろうか。

「何が起こるか、わからないじゃないですか！」

「そう言って、どうせ死ぬからと借金をして遊郭《ゆうかく》で遊びふける者はでるし、茨城あたりじゃあ赤飯を炊いて七社参りだなんだと大騒ぎだというし、愚かしいにもほどがあるねえ」

「偉い天文学者や科学者が新聞で世の終わりについて論じてるんです！」

「だから馬鹿なんだってさあ。だいたい、学者なんていうものは総じてロクなものじゃあないよ。特に科学者なんてのはね。浪漫をまったく解しない愚かな脳みその持ち主が、自分の浅はかな知識を見せびらかしたところで失笑を買うだけさ。稀《まれ》に、それを信じる君のようなものがいるわけだけれどねえ」

よくそこまで口がまわるものだと、寅太郎は半ば感心していた。けらけらと笑うこの変な〝浪漫研究家〟とやらには必要以上に関わるのはよそう。あわよくば、このまま一食いただいて、そっと地獄絵だけ置いて帰ろうと寅太郎は決心した。

広い庭を横切ると、洋館の緑色の扉の前に、娘が立っていた。海老茶の袴に紺《こん》の着物というところを見ると、女学生のようだ。束髪《そくはつ》に薄い色のりぼん、面立ちはやや又司に似ていた。

「鞠子《まりこ》」

又司が声をかけた。

「おかえりなさいませ、お父様」

「ああ。娘です、鞠子と申します」

又司が鞠子を寅太郎たちに紹介した。

「先ほど、佐治《さじ》がお客様をお二人連れて戻ってまいりました」

「ああ」

又司がうなずいた。

「少し早いが、お客様にお食事をお出しするよう佐治に伝えてくれ」

寅太郎と有坂に向かって笑いかける。鞠子が小さく会釈《えしやく》をして邸の中に戻っていった。

「披露会は、食事のあとにいたしましょう。まずはおくつろぎください」

披露会は、日が沈んだ頃に行う。又司はそう言って、二人を邸の中に招いた。

玄関を入ってすぐに二階へ上がる階段がある。木造りの階段は、磨きのかけられた手すりが艶《つや》をもって電燈《でんとう》の光を淡く反射していた。明治も三十年を過ぎた頃から、一般家庭にも電燈が普及し始めた。まだ珍しさはあるものの、西家の邸なら当然だろうと思われた。

突き当たって左に、台所と風呂、水道がある。西貿易の主の邸にふさわしく、何人もの女中がせわしなく走り回っていた。食事の準備をしているのだろう、香ばしいにおいが立ち込めている。

右の木の扉を入ると、ホールが広がっていた。寅太郎はホールの中をぐるりと見回した。端の西洋ソファのセットでは、袈裟《けさ》を着た坊主が、柔らかな表情で向かいに座った男と話し込んでいる。

真ん中の大きな卓には、囲むように椅子が並べられている。卓の上には燭台《しょくだい》が置かれ、すでに蠟燭《ろうそく》に火が入れられていた。女中たちが皿と銀食器を並べ始めていた。

坊主と向き合っている男を見た途端、寅太郎は心臓が止まるかと思った。

「お前……」

男の眇《すが》められた瞳が寅太郎をとらえる。昨日山下町で出会った、画家の男だった。

「おや、知り合い？」

有坂が後ろからひょいと顔を出した。男が怪訝《けげん》そうに有坂を見上げる。視線が上から下まで移動していたから、有坂の格好に驚いているのかもしれなかった。

「昨日会ったばかりだ」

寅太郎は血の気が引く思いだった。

「谷《たに》だ、谷春野《はるの》。西洋画家を志している」

有坂の片眉が跳ね上がったのが見えて、寅太郎は背中が震えるのを感じた。まずい。

「画家？」

「ああ。今朝天主堂の傍で絵を売っているところを、この邸の使用人に声をかけられた」

谷が懐から一枚の絵を取り出した。赤と黒、四角を彷彿とさせる図形を並べた奇妙な絵だ。寅太郎の持っている地獄絵とほとんど同じものだった。

「この絵がぜひ欲しいと言われてな」

有坂の顔がにんまりと吊り上がった。

「おや、驚いたことに画家が二人とはねえ」

「二人？」

谷が眉をひそめる。寅太郎は冷や汗を流しながら身を縮めて、目をそらした。

「前島君も絵を描いていると言っていたけれど、さあて？」

「おれは昨日、西洋演劇の役者を志していると聞いたが」

「西洋演劇？　へえ、芝居ねえ？」

にや、と有坂が寅太郎を見て笑った。

「一芝居うって大儲《おおもう》けするつもりだったってところかなあ」

「いや、お前、昨日の芝居程度じゃあ、望みが薄いぞ」

てっきり手ひどく罵倒されるかと思って身構えていると、谷に本気で同情されて、寅太郎は言葉に詰まった。それはそれで、なんとも腹が立つ。

「何、そんなにひどいの？　前島君の芝居」

「正直向いていないと思う」

「ひどい！」

寅太郎は我慢できなくなって、谷に食ってかかった。たった一度自分の芝居を見ただけの男に、何がわかるというのだ！

「あれはちょっと失敗しただけで！　そもそも、一度や二度の失敗で人のことをとやかく言うのは、よくない！」

「えぇー、でもさあ、芝居ってもう少し美丈夫がやったほうが映《は》えるんじゃあない？」

有坂がふふ、と笑う。細められた瞳に薄い唇が弧を描いて、わずかにかしげられた首筋をさらりと髪がひっかく。

「キネマ俳優の尾上松之助《おのえまつのすけ》みたいに、切れ長の瞳にきりりとした眉だとか、歌舞伎の市川《いちかわ》團十郎《だんじゆうろう》みたいなすっとした背の高さだとか、そういうものが必要なんじゃあないのかなあ。正直、前島君を見てると――」

有坂は、寅太郎の上から下までをひと通りじろじろと眺めて、鼻で笑った。

「役者向きだとは思えないよねえ」

「そんな、ことはないよ！　だいたい、そっちの画家――谷って言ったっけ、谷だって何が何だかわからない絵を描いているじゃないか」

寅太郎はむきになって反撃した。キューブだとか心の中だとか言うけれど、ぱっと見たところ里芋にしか見えない絵だ。これが芸術だなんて、到底思えない。

「まあ確かにそうだよねえ、これ何の絵なの？」

有坂がけらけらと笑って同意した。今度は、谷が眉をひそめる番だった。

「これはハリー彗星の絶望を表した絵だ。巴里《パリ》で見た新しい手法を使っている」

「ハリー彗星？　嘘だあ、これ人間なの？　赤い芋か何かにしか見えないのに？」

「有坂さんだってそう思うよね！」

寅太郎は有坂の言葉に乗っかって大きくうなずいた。

「は、芸術を見る目がないとは」

無表情ながら、明らかに不機嫌とわかる谷は、もともとの強面《こわもて》と相まってぞっとするほどの迫力がある。寅太郎は一歩後ずさった。

「ぼくも巴里の絵をいくつか見たけれど、もっと繊細で美しかったと思うよ？　これを芸術と言う君のほうがおこがましいよねえ。まあ、ぼくは芸術なんて欠片《かけら》も興味ないけどさあ。芝居も芸術も、浪漫に比べれば道端に転がる石ぐらいの価値しかないからさ」

聞き捨てならないと顔を上げたのは、谷と寅太郎が同時だった。立ち上がった谷が、有坂を見下ろして睨みつける。

「浪漫？」

「ああ。ぼくは浪漫研究家さ。森羅万象すべての浪漫なるものをこの世に憑依せしめる至高の存在さ」

「何だそれは、意味が解らん」

谷が一蹴《いっしゅう》した。

「ほら、それが浪漫を理解しない人間の言葉なんだよ。ぼくの浪漫発明を使えば、不可思議な万物はこの手の内に収められる。君たちとは頭の出来が違うんだよねえ、残念だけどさあ」

「発明品？　お前科学者か」

谷がそう言うと、有坂の綺麗な顔が途端に不機嫌そうに歪められた。そうしていても美しいのだから世の中不公平だと、寅太郎は心の内でつぶやいた。

「科学者とはまた無粋だよねえ。あんな頭が固くて浪漫を少しも理解せず、万物に向き合っているようで他人の批判ばかりするくだらない輩とぼくを一緒にすると？　はは、冗談じゃあないよねえ、その頭の中身を一度海で洗ってくればいいのに」

三人がそれぞれに睨み合い、ホールの空気が凍りついた。それぞれが、残り二人を気に食わないと思っていることは明白だった。寅太郎も、この二人とは相容れないとはっきりわかる。

そんな空気を和《やわ》らげたのは、三人の後ろからからかかった穏やかな声だった。

「まあまあ、そんなにいがみ合うのはよしましょうよ」

振り返った先に、袈裟を着た坊主が立っていた。

寅太郎と同じぐらいの身の丈で、年の頃は三十五、六といったところだろうか。剃《そ》りあげられた頭の下の面立ちは、決して整っているとは言い難い。しかし、顔全体に人柄を表すような、柔らかな雰囲気があった。首から数珠《じゅず》を提げ、手にも同じものを持っている。

「相承院天空《そうじょういんてんくう》と申します」

深々と三人に向かって頭を下げた。寅太郎は、なんとなくつられて頭を下げた。

「珍しいお名前ですね」

谷が言った。天空の雰囲気に毒気を抜かれて、卓の椅子に座りなおす。三人とも目を合わそうとはしないけれど、殺伐とした空気はどこかへ消えていた。

「俗世の名は捨てました。御仏《みほとけ》とともに生きると決めたものですから」

「お坊さん、ですよね」

寅太郎も椅子を引いて腰かけた。木造の椅子はなめらかな質感で、高価なものだとすぐにわかる。

「ええ。ですが、本山を追い出されてしまいました。こう見えても破戒僧《はかいそう》なんですよ、わたし」

「ええっ！」

照れたようにはにかんだ天空に、寅太郎は驚きの声を上げた。むしろ、坊主が天職のようであるのに、破戒僧とはどうしたことだろうか。

「何処《どこ》とは言いませんが、わたしが修行した宗派は、救いを求める方がそれを得るまでに、手間も時間も、精神力も使いすぎるのです。救いを求める人は、常に無償で救われるべきです。御仏の教えとはそういうものだと主張したら、どうもわたしの考えは俗すぎるらしいと、山を追い出されてしまいました。お恥ずかしい話です」

天空はゆっくりと歩いて、寅太郎の向かいに腰かけた。有坂が興味深そうに相槌《あいづち》を打つ。

「そうだよねえ、修行とかお経とか面倒だっていつも思っていたんだよね」

「修行も経も決して悪いものではありませんよ。あれは己《おのれ》を高めるものですから、わたしも日々修めております」

天空は穏やかな調子で続けた。

「皆様も、先ほどからお話を聞いていれば、それぞれ己が目指すべきものをしっかりとお持ちの様子。御仏の道しかないわたしのようにわざわざ修行を積まずとも、己の道をまっすぐ進むことこそが、あなたたち自身の人生の徳を積むことになると思います」

寅太郎は、心が温かくなるのを感じた。

今まで、誰に言っても認められることはなかった。学生の時分、教師には芝居など、演劇など、何になるのか、そんなものにのめり込むのはやめろと散々なじられ、家で芝居の稽古《けいこ》をしようものなら、家族に妨げられる日々だった。それでも諦めずに進んできたけれど、それが正しかったのだと認めてもらった気がして、うれしかったのだ。

「うああ、ありがとうございます」

寅太郎は立ち上がって、卓の向こうの天空の手をひっつかんだ。握りしめて上下に振る。

「でも、嘘はよくありませんよ、前島さん」

天空が微笑んだままそう言った。寅太郎の肩が跳ね上がる。

「わたしも一緒に、西さんにとりなして差し上げますから。悪気があってしたことではないでしょう?」

「うう、おなかが減っていて……絵を売ったらちょっとは足しになるかもしれないと思ったんです」

「前島、お前おれの絵を売りとばすつもりだったのか」

谷が横から口をはさんだ。

「うっ、だって。正直ちょっと不気味で、あんまり手元に置いておきたくなかったんだよ」

「人の絵をつかまえて不気味とはなんだ」

「いやあ、不気味だよ。家には置きたくないよねえ」

有坂が笑う。天空も苦笑しながら、寅太郎をまっすぐに見つめた。

「一緒に西さんに謝りましょう」

「いいんですか！」

「もちろん。わたしは求められれば誰でも救うつもりです。それが御仏の御意志ですから」

感動している寅太郎を後目《しりめ》に、有坂が天空に問うた。

「ここにいるということは、天空さんは、ハリー彗星から西さんを救うつもりなんですよねえ？　仏サマの力で？」

「信じがたいですか？」

問い返されて、有坂は素直にうなずいた。

「幽霊退治ならともかく、法力や神通力で彗星を何とかできるとは思えないんだよねえ」

「法力は密教ですし神通力は天狗《てんぐ》ですが、わたしはただ御仏に祈るのみですよ。ただ、その方が救いを求められているのであれば、必ず御仏は応えてくださいます。わたしにできるのは、それだけですよ」

気を悪くしたふうでもなく、天空が意味深に微笑んだ。不可思議な力が使えるのだろうか、と寅太郎が問おうとした時に、ホールの扉が開いた。

扉の向こうには、やや不機嫌そうな又司と、使用人と思われる男が立っていた。二人の視線が、寅太郎に向く。

「前島さん」

又司に声をかけられて、寅太郎は身体を震わせた。

「使いに出した使用人に聞きましたが、地獄絵を描いていたのはこちらの谷さんということですが、どういうことなのでしょうか」

二人が谷を見た。

「谷さんが本物だとすると、あなたはわたしたちを騙《だま》したということになりますが」

「……すみません」

返す言葉もない。寅太郎は、ただひたすら身を縮めて、あふれそうになる涙をこらえようとした。半分以上成り行きの上、おなかが減っていて、とはとても言い訳にならない。

「とにかく、ハリー彗星を退けるのに力のない方は、披露会に出ていただいても仕方ありません。お帰りを――」

又司がため息混じりにそう言った時だ。柔らかな天空の声が割って入った。

「西さん、まあまあ、少し落ち着いて」

柔和な笑顔が場の雰囲気を和《なご》ませる。

「確かに前島さんにはハリー彗星を退ける力はないかもしれませんが、先ほど、わたしを手伝ってくれると申し出てくれたのです」

「へ?」

寅太郎は目を丸くした。

「わたしの力は救いの力です。同じ想いを持つ人が多ければ、それも力になります。前島さんもわたしとともに御仏に祈ってくれるというので、是非にとお願いしたのですよ」

ねえ、と促されて寅太郎は曖昧《あいまい》にうなずいた。

「……相承院さんがそうおっしゃるなら、まあ……」

又司は、やや不服そうだったがしぶしぶといった体でうなずいた。少し後ろに控えていた使用人に、晩餐の準備を促す。

「皆様、どうぞお座りください」

使用人がそう言った。能面のような顔と薄い髪、年の頃は四十にかかろうかというところだ。薄い面の中で、目だけがぎょろりと大きくて、どこか陰鬱《いんうつ》な光をたたえていた。

晩餐の準備のために、又司とそろって部屋を出ていく。

寅太郎は、あわてて天空に話しかけた。

「あの、ありがとうございます！　本当にすみませんでした！」

空を切る勢いで、何度もお辞儀《じぎ》を繰り返す。

「嘘はだめなんじゃあないんですか、お坊さん」

有坂が横から口をはさむ。

「方便と言いますから。このままひと騒ぎになれば前島さんも西さんも困りますし、双方を救うためには、こういうことも必要ですよ」

天空の目の奥に、少し悪戯《いたずら》めいた光が宿っている。有坂がへえ、とつぶやいた。

「頭が固いばかりかと思ってたけど、違うんだねえ」

「こういうところが、山には合わなかったんですがね。破門にされてしまいましたから」

談笑していると、再び扉が開いて、使用人が卓の上に料理を並べ始めた。自分の前にも食事が並べられて、寅太郎は肩身の狭い思いだった。

いつの間にか寅太郎を挟んで谷が左側、有坂が右側という不本意な並び順になっている。

寅太郎は、鼻くすぐる温かなスープの香りに、顔をほころばせた。

「皆様、娘もご一緒させていただきます」

扉から、又司と先ほど邸の前で出会った娘が入ってきた。優雅《ゆうが》に会釈して、父の座った隣の椅子に腰かける。

「息子たちはもう家を出てしまいましてね。妻にも先立たれて、今は鞠子と二人で邸に住んでおります」

目に入れても痛くないというほどのかわいがりようだということが、見て取れた。鞠子がわずかに微笑んで、卓の周りに集まった披露会の参加者を見回す。

「お父様ってば、ハリー彗星などのためにこのように披露会などお開きになって。学校では誰も信じておりませんわ」

鞠子は、気の強そうな娘だった。参加者たちを一人一人、値踏みするように眺めていた。

「絵師さんに、絵師さんの偽物、それから科学者さん？」

その視線が有坂の前で止まって、見惚《みと》れているのは明らかだった。有坂が憮然《ぶぜん》とその視線から顔をそらした。

「科学者じゃない」

「それから、お坊さま。仮に彗星の毒が本当だとして、こんな方々で防ぐことができるとでも思っていらっしゃるの？」

「鞠子、慎みなさい。失礼だ」

又司がぴしゃりと言った。卓に集まった参加者たちに、苦笑いを向ける。

「どうもわたしに似ず気の強いところがありまして。もうすぐ女学校も卒業なのですが、このように気が強くては嫁の貰い手があるかどうか」

「あらお父様。わたくしはお嫁になんて行かずに、西貿易の一員として異国でおつとめをするのですわ」

「鞠子」

又司がほとほと困ったように首をひねった。

「鞠子お嬢様。旦那《だんな》様を困らせるのはおよしください」

使用人が扉から入ってきて、目の前のグラスに順に食前酒を注いでまわった。

「あら佐治、その時はあなたもわたくしの使用人として一緒に異国へ行くのよ。いいでしょう、お父様。佐治なら信頼できますもの」

「佐治がいないとこちらの邸が困るだろう。それから、お前は嫁に行くことをもう少し前向きに考えてはくれないかね」

「いやです」

つん、とそっぽを向いてしまった鞠子に、又司と使用人は顔を見合わせて苦い笑いをこぼした。使用人が最後に又司のグラスに酒を注いで、ゆっくりと頭を下げた。

「皆様、どうぞおくつろぎください」

晩餐は、西洋料理のフルコースだった。

食前酒には横浜のブルワリーで製造された林檎酒《りんごしゅ》、スープには西洋野菜として最近食べられるようになったトマトが使われている。

「御一新の時に、異国人が山手に農園を開きましてね。亜米利加《アメリカ》麦を栽培したのがはじめで、それから西洋野菜を色々と作っているのです」

又司はナイフとフォークで揚げた西洋野菜の前菜を切り分けながら言った。メインはクロケットで、これにもトマトのソースがかかっている。

寅太郎が熱いクロケットを切り分けて頬張っていると、隣から意外そうな声が上がった。

「前島君、案外育ちがいいのかい？」

どきり、と寅太郎の心臓が跳ねる。

「ナイフとフォークも使い慣れているし、順番も間違えていないし。西洋料理の、それもフルコースなんて珍しいのにさあ」

「有坂さんだって、手馴れているように見えるけど」

寅太郎は有坂の手元を指して問い返した。

「うん。帝大《ていだい》にいた時に、晩餐会やパーティにもよく呼ばれていたからねえ。思い返しても煩《わずら》わしいばかりだったけれど」

食事の席が、一瞬しんと静まった。

「有坂さん、帝大にいたの？」

「そうだけど」

けろりと言ってのけて、有坂は目の前のクロケットの最後の一口を片付けた。デザートには氷菓子が用意されている。小さな銀の匙《さじ》がついていた。

「それは、何とも頼もしい限りですね」

天空が感心したように言った。

「東京帝国大学《とうきょうていこくだいがく》ということでしょうか？　わたしは学がないのであまりピンときませんが、ずいぶん学問を修めないと入学できないと聞きます」

「誰でも入れるよ、あんなところ」

有坂は匙で氷菓子をすくった。

「これは、披露会も期待できそうですな」

又司がうれしそうに言って、食後の紅茶を配るようにぎょろ目の使用人に指示を出した。

披露会の場所に案内してくれたのは、配膳をしてくれた使用人だった。

「申し遅れましたが、これは佐治と申します」

又司が佐治を紹介した。

西邸の廊下のあちこちには、さまざまな美術品が飾られていた。案内される途中にも見た、壁の絵に廊下の彫刻、燭台や電燈の一つ一つが美しく装飾されている。

「ずいぶんと美術品に富んだ邸だな」

谷が玄関にほど近い壁の絵を眺めながらそう言った。手を広げたぐらいの額縁に入れられている。朝靄《あさもや》に煙ったどこかの風景のようだが、萌えるような緑が目に鮮やかだった。

谷は目をみはった。

「ターナーか？　ウィリアム・ターナーの風景画のようだが」

「さすがに目がききますね」

「多少は。しかし緑とは珍しい」

又司が笑った。有坂が口を出した。

「谷君知ってるの？」

「英吉利《イギリス》の画家だ。光の取り入れ方が美しく色彩豊かだが、緑色嫌いが有名なんだ。緑の作品は珍しい。この屋敷の中では群を抜いて価値がある。キューブにはかなわないが、やはりいいものだな」

寅太郎もじっくり絵を眺めてみたが、綺麗な絵だな、ということしかわからなかった。

又司が額縁を指先でなぞる。

「この邸は、英吉利人の元大使館職員のものだったのです。美術品や骨董品《こっとうひん》を集めるのが趣味だったようですが、自国に持ち帰るには量が多かったようで。半ば預かるというかたちで、譲り受けたのです」

又司の後ろから鞠子がひょいと顔を出した。

「この絵だけで、人生が七度やり直せるほどの価値があると聞いたわ。だから、お父様ったら、用心深くていらっしゃるの、家族も使用人も決して一人では邸に残さないし、外に出る時にはかならず何人か人を残していくのよ」

なるほど、と谷がうなずいた。

「どこの誰とも知れぬ輩が盗み出さないとも限らないからな」

又司が廊下の突き当たりにある小さな部屋へ案内した。

「うちには佐治がおりますから、用心しすぎかとは思いますが、越したことはない。佐治は優秀ですよ。使用人頭《がしら》ですし、今回の晩餐も披露会もこれが取り仕切ってくれました。ハリー彗星から無事身を守れた暁《あかつき》には、佐治にも何かしら礼をしなければ」

「いえ、旦那様が少しでもご安心なされればと思っただけですから」

佐治は困ったように、唇の端を少しだけ吊り上げた。笑い方の下手な男だった。

披露会の場所は、小ぢんまりとした部屋だった。窓もなく、倉庫のように使われているらしい。掃除はされてあったものの、あちこち壁紙がはがれていたり部屋の隅に道具類が片付けられていたりと、普段使っていない部屋だということがよくわかる。

香の香りがした。甘い香りで、どこかでかいだことがあるような、と寅太郎は首をかしげた。

椅子に腰かけている又司の後ろで、佐治が一度咳払いをした。

「さて、来たる五月十九日に恐ろしいハリー彗星が到来いたします。どうもこれが、この世に終末を運んでくるらしいと、異国の偉い学者先生が申されているそうです。世が終わるなどこれは非常の一大事と、我が主が皆様をお呼びした次第でございます」

寅太郎は大きくうなずいていた。あと二週間で、ハリー彗星がやってくる。寅太郎もたくさん新聞を読んだけれど、そこには怖いことばかりが書かれていた。

「ハリー彗星の尾には毒があると聞きます」

又司がため息とともに言った。

「彗星と地球との衝突の危険は少ないと言うが、それでも絶対ではないでしょう。近づけばその熱で地面が沸騰《ふっとう》するかもしれぬと言いますし、かすめるだけでも大地が抉《えぐ》られるとか。それに、尾は確実に地球を包み込むと言われています」

「ううう……こわいよう……」

寅太郎はおもわずそうつぶやいた。

「彗星の軌道を計算すると、衝突もかすめる危険もないと思うけどねえ」

有坂が椅子に座ったまま長い足を組んだ。周りの視線がすべて有坂に集まって、その先を促していた。

「ハリー彗星はおよそ二万七千八百六十五日、大体七十六年の周期で地球に接近する周期彗星だよ。彗星は基本的に太陽系の一部だからね、太陽の引力にひかれて周期的に公転しているんだ。ハリーの場合はたまたま地球を回って折り返す楕円《だえん》形の公転軌道を維持しているわけで、それは太陽の引力とハリー彗星自身の持つ固有の質量とが――」

「……有坂さん」

寅太郎が有坂の言葉をさえぎった。

「誰もついていけてないよ」

寅太郎が示した通り、披露会の参加者たちは皆唖然《あぜん》と有坂を見つめていた。

「――つまり、地球が引きつける力より、太陽に引きつけられる力のほうがずっと大きいから、万が一落ちるとしても太陽に落ちるよ」

有坂がため息混じりにそう言った。

「とすると、考えうる脅威は五月十九日に地球を包む彗星の尾っていうことになるよねえ。ハリーは周期的に回帰するけれど、尾が地球を包むというのは稀《まれ》らしいから」

「有坂さん。彗星の尾って何でできているの？　やっぱり毒ガス？　それとも、あれは燃えているの？」

寅太郎がおそるおそる質問した。

「彗星が太陽に近づくと、熱で表面にガスが発生するんだよ。それが、太陽のエーテルによって反対側にたなびくというわけさ。尾の長さは、二千万里ぐらいだと聞くよ。尾が何でできているのかまだはっきりはわかっていないみたいなんだけれど、細かな塵《ちり》や土くれに、エッキス線という学者もいるよねえ。それから水素や窒素だという説もある」

「水素に窒素？」

谷が首をかしげていた。存外興味があるようで、椅子から身を乗り出すように有坂の話を聞いている。

「うん。水素は酸素、つまり空気と混ぜると爆発するし、窒素はもともと空気に含まれる物質だけど、その割合が多くなると窒息するねえ」

それだ、と寅太郎は立ち上がった。

「やっぱり毒ガスなんだ、その〝スイソ〟とか〝チッソ〟が地球を包んで、ぼくらみんな死んじゃうんだあ！」

「うるさいなあ、もう」

　寅太郎が叫ぶと、有坂が迷惑そうに眉をひそめた。

「ではその毒とやらが、地球を包むとして、そんなものからどうやって逃げるというんだ」

　谷が言った。大きな身体を椅子にゆったりと任せている。どうして谷も有坂も、こんな恐ろしいことが起こっているのにあわてないんだろう。寅太郎にはそれが不思議でならなかった。

「あなたの地獄絵を持っていれば、逃れられると聞きました」

　又司が、すがるように谷を見た。又司の前の卓の上には、谷の描いた地獄絵が置かれていた。谷が不満そうに首を振る。

「さあ。おれは好きな絵を描いているだけだ。効果があるかどうかは知らんが、どうだろうな」

「無理なんじゃあない？」

　有坂が笑う。

「だろうな」

谷があっさりと肯定した。そもそも、谷は地獄絵を描いたつもりはないのだ。それが勝手に取《と》り沙汰《ざた》されただけだと言っていたのを、寅太郎は知っている。

又司が肩を落とした。

「そうですか……」

では、と有坂をうかがう。

「ふふ、ぼくの長年の浪漫研究の成果を披露する時が来たみたいだね」

風呂敷包みを広げると、そこにはひと抱えもあるような円い筒がいくつも入っていた。太さは手のひら二つ分ほど。五つある筒をすべてつなげると、大きな丸太のようになった。中にも外にも細かな絡繰《からく》りが絡み合っているのが見える。その絡繰りで、筒の丸みを帯びた表面が覆い隠されていた。筒の根元近くには、銃《じゅう》のような引き金がついている。

「浪漫発明第二十二號《ごう》、実測照準器付彗星捕獲装置さ！」

完成した巨大な筒を床に立てて、有坂はぱっと両手を広げて言った。

寅太郎は目を丸くして有坂の持っている丸い筒を見た。それに、今なんて言ったのだろう。彗星を捕獲すると言ったのではないだろうか。

「有坂さん、ハリー彗星を、どうするの？」

「つかまえるのさ」

有坂はその整った顔で信じられないことを口にした。

ハリー彗星をつかまえる、だって？

「そんなことができるの？」

「できるよ」

「どうやって？」

彗星というものは、寅太郎の知っている限りずっと大きなものだ。

彗星は、この地球――どうやら自分たちが住んでいるのは、丸い一つの大きな球らしい――の外側を覆う、〝宇宙〟という場所を飛んでいる。手のひらを広げたより何百倍も大きく、すさまじいスピードで飛んでいるのだそうだ。

自分たちの足元が実は平らではなく球であるということすら、寅太郎にはまったく理解しがたいのだが、彗星ときた日には、もうとんでもなくすごいものが空を飛んでいる、というぐらいの感覚しかない。まるで想像のつかない話なのだが、この男はそれをとらえるという。

「ぼくのこの浪漫発明を使うのさ」

「浪漫発明？」

「ああ。まず、彗星には必ず核がある。ぼくがとらえるのはその核さ」

「はあ……」

「ハリー彗星は必ず決まった位置を飛んでくるからね。それを狙ってぼくの浪漫発明を使うのさ。まだ改良中だけれど、彗星入射角観測機と核位置実測図でその姿をとらえ、正確に狙い撃ちできるようにする。それから、強力な発条式発射弾と広角速射網を使って核をとらえることができるはずさ。地球には分厚い空気の層があるけれど、ぼくの計算だと発条式発射弾を秒速二里の速さで打ち出せば突破できるはずだ」

筒を床に立てて、有坂は言い切った。

「何も丸ごとって言ってるんじゃあないんだ。まず弾で核を砕き、砕いたものを漁網《ぎょもう》をさらに強力にした網で地面に引きずりおろすのさ。空気の層を通る時にかなりの熱を持つはずだから、落ちてきたものをこの、浪漫発明二十三號、彗星冷却機で冷やすつもりだよ」

筒の横に添えつけられていた小さな箱を指差した。

何を言っているのか、さっぱりわからない。寅太郎だけではない。皆、ぽかんと口を開けて有坂の機械を見つめていた。

「そ、それで本当に彗星を打ち落とせるのでしょうか」

又司がひきつった声でそう問うた。

「もちろんさ。ぼくの浪漫発明に間違いはないよ、この崇高な頭脳とたぐいまれなる発想で造られた至高の発明なんだからねえ」

　では、と有坂が筒を持ち上げた。絡みついているいくつかの機械を操作すると、筒の中で金属と金属のこすれ合う音がする。

「有坂さん、帝大までいったのになんでそんなもの作ってるの？」

　素直な疑問だった。その筒はどう見たってガラクタで、寅太郎が見てもわかる、彗星なんてとても打ち落とせそうになかったからだ。

「そんなもの？　ぼくの発明をそんなものだって？　これだから浪漫を解しない馬鹿は嫌いなんだ。脳みその中身がもう少し洗練されて、虫より賢くなったらこの発明の素晴らしさと浪漫への果てしない探究心が理解できるはずさ」

「虫よりは賢いよ！」

「前島、そういう問題じゃないと思う」

　むきになって言い返した寅太郎の横から、谷がそっと口を出した。

「ちょっと待ってください、ここで試し打ちはちょっと」

　佐治が有坂の前に立ちふさがった。

「どうして？　ああ、天井の心配ならいらないよ、たぶん二階も三階も屋根も打ち抜けるから、ここで打ってもちゃんと彗星を――」

「それが困るんです」

佐治はつとめて冷静でいようとしているようだった。邸が壊されてはたまらない。

「その、もう少しきちんとした科学者だと思ってお声かけしたのですが」

又司が言った。

「科学者？　ぼくが？」

有坂が手にしていた筒を床に置いた。不機嫌そうに顔を歪める。低められた声は普段のような甘さはないけれど、艶が増していて何をするにも美丈夫はいいなあとこっそり思った。

「万物の理しか追いかけない浪漫なき輩と同一にされるのは不愉快だねえ」

むす、と黙り込んでしまう。

有坂の手から筒が離れたのを見て、又司と佐治が安堵《あんど》のため息を吐いたのが見えた。寅太郎もほっと胸をなで下ろす。本当に天井を打ち抜くんじゃないかと、まだ心臓がどきどきしている。

そこで、寅太郎は、おかしいぞ、と思った。

心臓のどきどきが止まらない。どくん、どくんと外に聞こえるのではないかと思うほどうるさい。何か耳障りな音がすると思ったら、吐き続けている自分の息だった。

「あ、れ？」

ひどく苦しい。

頭に靄《もや》がかかったようにぼう、として、視界がまわる。

具合が悪いのだろうかと思ったけれど、有坂や谷も同じように胸を押さえているから、自分だけではないようだった。むせ返るような甘い香りがした。

「困ったことになりました」

佐治が、息を荒げながら部屋の扉に手をかけた。

「皆様のお力を証明していただくためにあらかじめ用意しておいたのですが……どこかかもれてしまったようです」

部屋に毒を用意していたということだろうか。

「ですが、ご安心を、身体にそう害はありません。扉を開けて換気さえすればすぐに――」

がち、と扉の取っ手から嫌な音がした。佐治があわてて取っ手を動かす。

「開かない、なぜ……」

「まてこれは本当、に……」

谷が椅子から立ち上がって、床に膝をついたのが見えた。

視界がぐるぐるとまわる。息がうまく吸えない。頭が痛んで、寅太郎は床に伏せた。

「……はァ……」

床に頬をつけて見上げると、その先で一人椅子に座った天空が、数珠を両手に巻きつけて合掌《がっしょう》しているのが見える。口元は何事かつぶやいているようだったが、聞こえなかった。

「――救いが、必ず訪れます」

天空が、ゆっくりと口を開いた。

額には汗が流れ、苦しいはずなのに微笑みを絶やさない。きっと仏がいるなら、こういうものなのだろうと、どこかで寅太郎は漠然と感じていた。

まわる視界の中で、天空の姿が左右にぶれる。香の匂いがじんと頭を痺《しび》れさせた。

「我が手は御仏の手。救いの光があらんことを……」

やがて、天空の手から温かな光が迸《ほとばし》ったように見えた。橙色《だいだい》の光が、ゆったりと部屋の中を埋めていく。その光に包まれた途端、寅太郎は身体が軽くなるのを感じた。

香の匂いが遠ざかって、肺にひゅ、と空気が送り込まれる。

「あ、あれ、苦しくない……！」

寅太郎は、床から起き上がって、自分の胸を押さえた。何度も深呼吸を繰り返す。視界は徐々に元に戻っていって、橙色の光も消えてしまった。

「……死ぬかと思った」

谷がゆっくりと立ち上がった。まだ足元がふらついている。隣で同じように膝をついていた有坂に手を差し伸べて、立たせてやっていた。

「天空さんから、光が見えた。橙色の温かい光」

寅太郎が言うと、天空がぐったりと椅子に身を預けたまま微笑んだ。疲れ切っているようで、その笑顔も今は弱々しい。

「わたしごときに、もったいない。それはきっと御仏の手です。御仏の光ですよ。お救いがあったのです」

寅太郎は不思議な気持ちだった。奇跡があるとすれば、きっとこういうことを言うに違いない。寅太郎は天空をじっと見つめた。そしてまた又司も同様に天空に視線を注いでいたのであった。

二　ハリー彗星の夜に

山下《やました》からの帰り道を、寅太郎《とらたろう》、谷《たに》、有坂《ありさか》の三人はなんとなく連れ立って歩いていた。

「まさかみんな伊勢佐木《いせざき》町に住んでいるなんてねえ」

有坂が浪漫《ろまん》発明の入った風呂敷《ふろしき》を背負いなおした。話を聞けば、有坂も谷も寅太郎の長屋のすぐ近くに居を構えているという。あそこは安い長屋が多いから、そのうちの一つだろう。

「追い出されちゃったなあ」

西邸《にしてい》をあとにする時に、またいつでも、と又司《またじ》は言ってくれたが、それは社交辞令であることをさすがに寅太郎もわかっていた。

「一食だけでも儲《もう》けたと思うべきだな」

谷が懐手《ふところで》に言う。見上げると、谷も寅太郎を見下ろしていた。

「だいたいお前は、おれのおかげで一食儲けたようなものだろう。礼の一つもあるべきだ」

「悪いとは思ったけど。でも谷だって結局役に立たなかったじゃあないか」

「おれはもともと、自分の絵が彗星《すいせい》をどうこうできるなんて言っていない。勘違いしたほうが悪いんだ」

とそう言って不機嫌そうにつぶやいた。

「あれは地獄絵でもなんでもない、キューブの芸術だというのに」

「無理もないよねえ、あれじゃあ何が描いてあるかなんてさっぱりわからないもの」

有坂がまぜっかえす。

「お前の浪漫発明とやらこそ、役立たずだっただろうが」

谷が反撃した。

寅太郎も有坂のあの珍品には驚いた。口から滑り出る舌を巻くような膨大な量の知識と、帝大《ていだい》出身の一方《ひとかた》ならぬ学問の才から生まれ出たものが、あれとは。

「確かにあれはなあ……いくらなんでも、彗星は打ち落とせないよ」

「浪漫を理解できない頭の持ち主には、この発明の素晴らしさが理解できないんだよ。この明治《めいじ》の世はつまらないよねえ、理《ことわり》だ、科学だ心理だと、愚にもつかないことばかりだ」

大げさに両手を広げて、有坂はにんまりと笑った。

伊勢佐木町、新富《しんとみ》通りを歩きながら寅太郎はため息を吐いた。すっかり夜も更けて、空は今日は薄曇《うすぐも》りだ。

「それにしても、すごかったなあ、天空《てんくう》さん」

結局、邸《やしき》に残ることを許されたのは天空だけだった。又司は天空の力にすっかり感動し、ハリー彗星通過までのおよそ二週間、邸に滞在してくれと申し出ていたのだ。恐縮しきっていた天空だったが、押し切られる形で邸に残ることになったと、あとで申し訳なささそうに三人に告げに来た。

「力の真贋《しんがん》がどうであれ、人間の良し悪しではずいぶんな人柄だったな」

谷の言葉に、寅太郎は大きくうなずいた。寅太郎を邸で助けてくれたのは、天空だった。

「善だけを押しつけないところが、お坊さんらしくなかったけれど、それが良い人の証《あかし》なんだろうと思ったんだ。それにあの力は本物だよ、だって本当に毒を祓《はら》ったし、苦しくなくなったんだから」

「そうかなあ」

有坂は首をひねった。

「あれ、有坂さんは信じていないの？」

「そもそも法力で毒を祓えるのはおかしいよねえ。幽霊ならともかく、毒はもっと物理的な現象だからさあ」

「あんな不可思議な発明品を作っておいて、そこは現実的なんだね」

「何を言っているんだい、前島《まえしま》君。ぼくは少なくとも物理の力でハリーをとらえるつもりだよ。浪漫発明はその手段さ。天文学は物理の現象だから、それを物理でとらえることは何も矛盾していないよねえ。だから、法力がこの世の者じゃあない幽霊に効くのは理解できるけど、それが現実に力を及ぼすのは信じがたいって言っているんだよ」

「だんだんわからなくなってきた」

もともと寅太郎の頭の出来はそれほどよくない。けれど、隣で谷もなんだか納得いかないような顔をしていたから、やっぱり有坂がおかしいのだと思う。

「でも実際、毒は消えたんだよ」

「いや、だからあれは――」

有坂が何かを言いかけた時だ。

短い悲鳴が聞こえた。三人は顔を見合わせた。伊勢佐木町は下町だから、それほど治安はよくない。遅くまで飯屋や芝居小屋が開いている分、もめごとも日常茶飯事だ。

「やめてください、できません！」

少し高めの、女の声だった。新富通りも中ほどまで来ている。一軒の店の前で、男と女が何事か言い争っていた。

「痴話《ちわ》げんかかなあ」

有坂が言った。興味がなさそうで、大きなあくびをしている。

瓦斯《ガス》灯に照らされて、二人の姿がよく見えた。女のほうは美しかった。後ろで髪を一つにくくっており、細いりぼんでとめていた。矢絣《やがすり》の着物に草履《ぞうり》、手には風呂敷包みを抱えていた。声からすると妙齢《みょうれい》だが、少女のようにも見えるし、またずいぶん大人びても見えた。不思議な雰囲気の女だった。

寅太郎は次の瞬間、女の腕をつかんだ男が叫んだ言葉に、耳を疑うほど驚いた。

「一緒に、わたしと一緒に死んでください」

だらしなく着崩れた着物に髪をふり乱した男は、ぞっとするような形相で女につかみかかった。

「愛《あい》さん、愛さん！」

うわごとのように、女の名前を何度もつぶやく。

「どうせこの世は終わるのです。ハリーにすべて殺されるのです。だから、だから……！」

「うわ、あれ彗星心中だよ」

有坂がそう言った。谷がいぶかしそうに問い返す。

「心中？　この文明開化の時世にか？」

「うん。ハリー彗星のせいでどうせ世が終わるなら、その前に好いた人と死んでおこうってことらしいよ。馬鹿馬鹿しいよねえ」

はは、と有坂が軽く笑った。

寅太郎が有坂の顔をまじまじと見つめた。

「有坂さんは、言われたことないの？」

「何を？」

「心中しようって。その顔なら、何人かに言われていてもおかしくないよね」

有坂が女性にまとわりつかれて、挙句一緒に死んでくれと言われている様子が容易に想像できる。寅太郎は自分で言っておいて、なんだかやるせない気持ちになった。自分の、どこをとっても平凡な顔つきでは、心中を強要されることもなさそうだ。

「懸想《けそう》されたことはたくさんあるけど、興味はないよねえ。ぼくの興味は浪漫研究以外にはないし、この世のすべての浪漫を垣間見ることに比べたら、世の中の女性はそんなに魅力的じゃあないしね」

「うわ、なんだかものすごい腹立たしい」

「おれもだ」

谷が横からぼそりと同意した。

寅太郎たち三人の前で、男と女のいさかいは激しくなっていくばかりだった。どうも女のほうはそれほどこの心中に肯定的ではないように見える。

「嫌がっているのかな」

寅太郎は女が必死で男の腕を振り払おうとしているのを見ていた。おびえているようにも見える。

「やめてください、本当に困ります」

「愛さん、愛、さん……!」

男のほうは聞く耳持たずといったふうだった。女の細い腕では男の力にあらがえず、やがて引きずられて、近くの路地に引き込まれそうになっていた。寅太郎はあわてて周りを見回したが、表の伊勢佐木通りには人が多くても、一本はずれてしまえばこの真夜中だ。人通りはない。

「やめて、いやよ!」

「ちょっとまずいよ」

「巡査を呼ぶか。警邏《けいら》に回っているはずだ」

「そんな暇、ないんじゃあないかな」

有坂の声は、変わらずのんきそうだ。

女の焦る声を聞いて、寅太郎はいてもたってもいられなくなった。

「うああ、行ってくる!」

「どうするつもりだ」

谷が走り出す寅太郎の腕をつかんだ。

「うう、すごく怖いけど、放っておけないよ……!」

「おい、まてどうするつもりだ」

後ろで谷が引き留める声を聞いた。けれど、寅太郎はすでに走り出していた。巡査を呼ぶまでは間に合わない。何とかしなくちゃ。

寅太郎は、半分路地に引きずり込まれそうになっている女と、腕をつかんでいる男の間に割って入った。


鉄桟橋《てつさんばし》に大型船が停泊していた。船籍は仏蘭西《フランス》、国旗が夜風にはためいている。埠頭《ふとう》には瓦斯《ガス》灯が整備されており、燈台《とうだい》から時折強烈な光が海を照らしていた。

五十年以上前、まだ国を閉ざしていた頃亜米利加《アメリカ》の黒船が、この横浜《よこはま》湾からほど近い浦《うら》賀《が》にやってきた。御一新《ごいっしん》、開国の先駆けである。それから五十数年、横浜の港は亜米利加、英吉利《イギリス》、阿蘭陀《オランダ》、仏蘭西などさまざまな国から船がつく、異国に最も近い港になったのだ。

貿易目的の大型船が次々と入港する中、横浜湾は埋め立てを繰り返した。十年ほど前に埋め立てが開始された新港《しんこう》埠頭には赤煉瓦《あかれんが》倉庫が建ち、港のほど近くには横浜税関がある。

その中でも鉄桟橋は、異国の貿易船が直接接岸できるように設計されていた。

「悪かったな、水谷《みずたに》巡査。付き合わせて」

「いえ、お役に立てたのであれば」

水谷は敬礼した。夜も更けてしばらく経つというのに、鉄桟橋には警官たちがあちこち走り回っている。

「しかし、こんなことがまかり通っているとは。水上《すいじょう》警察も大変ですね」

「まったくだ」

水谷の前で豪快に笑っているのは、四十路《よそじ》も間近な男だった。横浜水上警察の三船《みふね》警部である。

「結局のらりくらり誤魔化《ごまか》されるんだよなあ。条例が改正されて多少マシになったとはいえ、まだまだだな」

「素直に証言する気はないでしょうね」

仏蘭西《フランス》船の船底から、税関を通していないいくつかの美術品が見つかったと通報があった。駆けつけたはいいが、いや覚えがないだの、税関の間違いではないかだのとかわされるばかりだった。挙句、きちんとした通訳をよこせの一点張りで、船を追い出される始末である。

水上警察から人員の要請があって、夜勤だった水谷たちが駆り出されたのだ。

恰幅《かっぷく》のよい豪快な三船だが、帝都の警視庁からの派遣で、横浜税関や大使館と協力して、最近増えつつある密入出国や密輸などの犯罪に対処するために水上警察に入った。

「最近増えたなあ、この手の事件。特に美術品の密輸だな」

「日本画ですか？」

一部の日本画は、西洋に熱狂的な贔屓《ひいき》を持つそうだ。

「まあそれもあるが、ほら、ちょいと前まで居留地にたくさん異国人が住んでただろ。その家にまだあっちこっちお高い美術品が転がっているらしいんだと」

居留地時代に居を構えることができた者は、各国の大使や貿易商など金銭的に裕福な者が多かった。あちらから嗜好品《しこうひん》として持ち込んだ美術品が、そのままになっていることがあるのだという。

「それを盗んで、向こうの画商なんかに売りさばくやつがいるらしい。居留地の異国人の邸宅なんざ半分が空家だからな。楽にひとかせぎできる」

三船は黒々とそびえる仏蘭西船を見上げた。

「密出国者の件はどうでしたか？」

「お前の言っているようなやつは見つからん。そもそも、この人相書きじゃあなあ」

三船はぼりぼりと頭を掻《か》いた。積極的に手伝う代わりに、水上警察へ帝都の詐欺師《さぎし》を、密出国者として探してほしいと頼んでおいたのだ。帝都を離れて一年、密出国をするならもうとうにしているだろうと思っていたから、大きな期待はしていなかったが、やはり、と水谷は肩を落とした。

「そっちも何かと大変だな」

「上はあまり乗り気ではない案件のようです。一年もあちこちたらいまわしにされてきたみたいですし。なんとしてもおれが捕縛しますが。それより水上警察も、密輸に密入出国に寝る間もないと聞いています」

三船は大きくうなずいた。

「あっちじゃあ日本画は人気があるからなあ。美術品に骨董品《こっとうひん》、それから金《きん》の持ち出しに、あとは阿片《あへん》だな」

「阿片？」

水谷が眉間に皺《しわ》を寄せた。

「あれは清《しん》じゃあ黙認されているからな。台湾《たいわん》でも関東州《かんとうしゅう》でも満州《まんしゅう》でも、漸禁《ぜんきん》漸禁と緩やかに縛るだけだ。帝都あたりじゃあごろごろ摘発されているらしい」

三船は肺の底から深くため息を吐いた。

「おれたちが気張らんとなあ」

水谷は、それに応えるように一度大きくうなずいたのだった。

伊勢佐木町の自宅に戻る途中、新富通りで水谷は騒ぎを聞きつけた。今日の職務は終わっているが、警邏《けいら》中でなくとも巡査として見逃すことはできない。騒ぎの中心は、新富通りの中ほどだった。まさか、と水谷の心臓が大きく跳ねる。

「愛さん！」

小さな店の前で、矢絣の着物の女が騒ぎの中心にいた。

どうしたことだ、愛さんが巻き込まれている。水谷は急《せ》く心を抑えて、足早に近づいた。

愛の顔はずいぶんとおびえているように見える。路地裏のすぐ手前で、愛の腕を髪をふり乱した男がひっつかんでいた。

水谷は激しい怒りを覚えた。

「愛さんに何をする気だ」

水谷は、愛と男に駆け寄った。

その眼前を、すっと通り抜けた者があった。

「愛！」

誰かが、愛の名前を呼んだ。愛が顔を上げて、困惑したように眉をひそめる。割り込んできた男は、愛の腕をつかんでいる男の手を思い切り振り払った。

「ああ、だいじょうぶかい、愛。痛くなかっただろうか」

愛の手をまじまじと見つめて、ほう、とため息を吐いた。

「あの、ええと……」

飛び出してきた男が、困惑する愛の耳元で何事かささやいた。その後、ゆっくりと愛の腰に手を回してその身体を支える。まるで好いた者同士のようだった。

水谷は、目を見開いて立ち尽くしていた。愛にそんな相手がいるとは、ついぞ聞いたことがなかったからだ。だから、いつか自分が、と思っていたのだ。

「心配したよ。だから、こんな夜遅くに一人で出歩いてはいけない、と言ったんだ」

男はほんの少し顔をしかめてそう言った。

「ごめんなさい」

愛がどこかぎこちなく答えた。

「いいよ。無事でよかった」

男の目は、まっすぐに愛を見ていた。水谷ですら、引き込まれてしまいそうな情熱的な瞳だ。少し細めた目の奥には隠し切れない情愛が宿っていて、その熱の全部が愛に注がれているのだと思わせる。腰を抱く手も、いとおしそうに頰をなぞる指も、困ったように微笑《ほほえ》む唇も。すべてで愛をいとおしく思っているのだと、そう感じさせられた。

男は、愛を背にかばうように路地の奥を睨《にら》みつけた。

「愛をどうするつもりですか。あなたと一緒に心中なんて、とんでもない」

言葉に怒りが込められる。

「愛……愛さんと一緒に、わたしといっしょに……」

「帰ってください。ぼくと愛は祝言の約束をしています」

「なんだって⁉」

水谷はおもわず叫んでいた。なんてことだ、愛さんが結婚するなんて。

「誰ですか？」

男の目が警戒に眇《すが》められた。水谷は、その顔をまじまじと見て首をかしげた。どこかで、見たことのある顔だ。

「水谷巡査」

愛が水谷の名前を呼んだ。ほっとした声色を感じて、水谷は少しばかり誇らしくなる。

「君はあとだ。それより、その路地の奥の男は？」

「愛と無理やり心中しようとしていたんだ。ハリー彗星で世が終わるから、と」

「またか……」

水谷は額に手のひらを当てた。ここのところ、気を病んで心中に走ろうとする者が多い。

路地の奥の男のように、うつろな瞳で相手の名前を呼ぶのだ。

「愛さん、愛、さん……」

「来ないで」

愛がおびえたように婚約者の男の着物にすがりついた。男が、しっかりとその手を握りしめる。

「だいじょうぶ。ぼくのこの熱い想いが、何をも飛び越えて君を守るから」

ぎゅ、と結ばれた唇。情熱的に愛をとらえる瞳。いとおしくてたまらないというふうに抱き寄せた。

「愛さん、絶対、ぜったいに、わたしは、愛さんと……」

言いながら、心中男はぱっと背を向けて路地の奥に走り去ってしまった。巡査である水谷を警戒したのかもしれないし、愛と婚約者の男の姿を見て、思うところがあったのかもしれない。

水谷は、深くため息を吐いた。愛と、婚約者の男をじっと見つめる。こんなに情熱的に、愛をいとおしく想ってくれるのなら、この男でいいのかもしれないとすら思う。本当に愛を好いているように見えたし、何があっても守るという覚悟も本物に見えた。

「仕方ないな」

水谷はせりあがってくる想いをのみこんだ。

「愛さんは、君が――」

幸せにしてくれ、と言おうとした瞬間に、ぱちぱちと場違いな拍手が響きわたった。

「……驚いたよ、本当に」

視線をやった先に目を丸くした男が二人。一人は絶世の美丈夫、もう一人は鬼すら逃げ出しそうな強面《こわもて》の男だ。強面のほうが心底驚いた、というふうに近づいてきた。

「前島、お前……」

二の句が継げないでいる。美丈夫が走り寄ってきて、婚約者の男の顔を眺めまわした。

「本当に、この人に懸想《けそう》しているみたいだったよ……あんな目とか、仕草とか、演技とは思えなかったし。前島君の平凡な顔が驚くほどきりっとした顔立ちに見えたし」

「前言を撤回しよう、お前は役者だ」

驚き混じりの褒《ほ》め言葉に、婚約者の男が相好《そうごう》を崩した。

「ほら、やっぱりぼくはロミオに向いているんだよ！　やっぱりいいよねえ、西洋演劇は。音楽も欲しかったし、贅沢を言うならこんな瓦斯灯じゃなくて照明も欲しかったなあ……」

へら、と笑ったその男の顔には、はっきりと見覚えがあった。不可思議なことに、先ほどまではまったく思い出せなかったのに。

「お前、堕落者《だらくもの》！」

「へ？」

婚約者の男が、きょとんとこちらを見た。何が何だかわからないけれど、一つだけ理解できることがある。それは、今のこの男に愛がふさわしくないということだ。

「堕落者の分際で、愛さんの腰を抱くとは……！」

水谷はわなわな震える拳《こぶし》を握りしめて、男を思い切り睨みつけたのだった。

新富通りの中ほど、煉瓦造りの二階建ての建物の一階に、ルゥ・ド・アムル西洋菓子店はあった。簡素な銅板打ち抜きの看板が掛けられていて、扉は色硝子《ガラス》、店内は小さな卓がいくつかと、奥に大きな卓が一つ置かれている。小さな卓の前には椅子が、大きな卓には日持ちする焼き菓子がいくつか並べられていた。

「助かったわ、ありがとう」

愛は、寅太郎の前に湯気の立つ珈琲《コーヒー》を置いてくれた。その横には小さな皿に二つばかりのビスコイトが載っている。

「こちらこそ、勝手にすみません……その、あの……」

寅太郎は真っ赤になってうつむいた。とっさのこととはいえ、なんであんなことをしてしまったんだろうか。

「わたしの婚約者になったこと？　それとも腰を抱いたことかしらねぇ？」

いたずらっぽく愛が微笑んだ。愛は、〝愛〟としか名乗らなかった。本名なのか、それとも店名の〝アムル〟から来た通称なのかと問うても、笑って答えてくれない。髪を結いあげた項《うなじ》と、少し厚めの唇は艶《つや》めいていてずいぶん大人びて見えるけれど、年齢は不詳、もちろん、答えてはくれなかった。

にこりと微笑まれて、寅太郎の顔がますます赤くなる。

あの時は、本当に愛がジュリエットだと思っていたのだ。そして、自分はロミオだと。愛を心の底からいとおしいと思っていたし、守りたいとも思っていた。

「いやあ、まさか前島君があそこまで芝居に長じているとはねえ。芝居というか人が変わりすぎて、正直本人なのかどうか途中から疑っていたんだけれどさあ」

「おれもだ。どうして一昨日はその芝居ができなかったんだ？」

有坂と谷の前には、紅茶が置いてある。その横にいる巡査がこちらをすさまじい形相で睨んでいるので、寅太郎は気が気ではなかった。自分が何かしたのだろうか。

「あんまりたくさんの人に見られていると、だめなんだよ……緊張しちゃって」

「役者なのに？」

有坂がすっとんきょうな声を上げた。谷が呆れたように言う。

「見られるのも仕事だろうが」

「でも、何個も目がじいっとこっちを見ていると、身体ががちがちになっちゃうんだよう」

「役者向きなのかそうじゃないのか、わからないね」

「うう……ぼくはやっぱりだめなのかなあ……」

寅太郎はぐす、と鼻を鳴らして、手元のビスコイトを一つ頬張った。かための生地が、口の中に入れた途端ふわりと溶ける感じがする。砂糖とバターのいい香りが広がって、寅太郎はおもわず微笑んだ。

「おいしい、すごいやこのビスコイト」

ぱっと顔を上げると、頬杖をついて微笑んでいる愛と目が合った。

「自信作なの。うちでは二番目に贔屓が多いのよ」

「ここは西洋菓子店ですよね、なんだか、珍しい造りだけど」

ビスコイトを頬張りながら店の中を見回す。飴《あめ》屋や餅《もち》屋、菓子屋と違って、珈琲や紅茶を菓子と一緒にその場で楽しめるような工夫らしい。

「巴里《パリ》や倫敦《ロンドン》には、こういう場所が多いのよ。カフェーというんだけれどね」

「よく通っていた」

谷がぼそりと言った。

「谷君は巴里に住んでたの？　珍しいねえ、留学生なの？」

「ああ。絵の勉強をしていた」

谷が紅茶のカップを置いた時、巡査が強く卓を叩いた。

「そんなことを言っている場合か。あの心中男、いずれまた来るぞ」

「なんでそんなに不機嫌なのさ」

有坂が問う。寅太郎が愛を助けるために一芝居うったのだと説明した途端、巡査の機嫌は驚くほど下降していった。目が据わって、卓を人差し指で細かく叩きつけている。寅太郎は、いつそのサーベルが抜かれるのかとひやひやしながら見守っていた。

「決まっているだろうが。お前が愛さんを本気で愛していると思ったから身を引いたというのに、それが演技で、あまつさえ調子にのって愛さんの、こ、こ、こ、腰まで抱き寄せて、頬を、指で……っ！」

そこから先は言葉にならないようだった。愛が頬杖をついたままにっこりと笑う。

「あらァ、水谷さんもよかったら、いかがかしら？」

人差し指で自分の頬をなぞって、腰をゆっくりと揺らしてみせた。

「愛さん！」

「そんなに怒らないで。前島さんはわたしを助けてくれただけだもの。でも、あの様子じゃあ吉田《よしだ》さん、また来るわねえ」

狙われているのは自分だというのに、愛はずいぶんのんきそうだった。

「吉田さん、いい人だったのよ。うちのカステーラも贔屓《ひいき》にしてくださっていたし。確かにいつかは一緒に、と言われていてお断りしていたの。でもあんな無理やり何かをする人じゃあなかったんだけど」

寅太郎は残りのビスコイトを頬張ると、珈琲を飲み干した。

「彗星が迫っているんだよ、不安になっても仕方ないよ」

「彗星の毒で地球が滅びるなど、噂《うわさ》に過ぎない。誰とも知れない妄言に踊らされて治安を乱すなど言語道断だ」

水谷が愛を見上げた。

「おれが毎日愛さんを守ります」

「あらあ、でも、もう吉田さんに前島さんの顔を見られてしまったもの。あんなに情熱的だったのよ、前島さんに守ってもらったほうがいいと思わない？」

愛が頬に手を当てた。ね、と同意を求められて、寅太郎は困惑した。あんな人ともう一度対峙するなんて、とてもできそうにない。さっきのは成り行きと勢いでやってしまったのだ。

「いや、正直なところもうあんな怖い人には関わりたくないです」

「そうだ、こんな堕落者にまかせなくても、愛さんはおれが守ります！」

「ほら、巡査さんもそう言ってくれていることだし」

愛が不満そうにぷく、と頰を膨らませた。

「ひどいわ、前島さんもわたしを見捨ててしまうのね……こんなに怖い思いをしているのに」

愛の目じりに涙がにじむ。それを見た水谷が、あわてて椅子から立ち上がった。卓に手をついて、寅太郎を睨みつける。

「おい、堕落者！　お前、誠心誠意愛さんを守れ！」

「ええ⁉」

「あら、前島さんはわたしがご不満なのかしら？」

愛は微笑んでいるはずだ。けれど、先ほどまでのはかない雰囲気はどこにもない。目の奥だけが笑っていなくて、寅太郎に是が非でも否と言わせないようにしていた。

「……解決するまで、お付き合いします」

寅太郎は卓にうつ伏せになりながら、うう、とつぶやいたのだった。

寅太郎はなるべく愛の店やその近くにいて、吉田がやってきた時は愛の婚約者のふりをすることになった。その代わり、その期間の食事は愛が賄《まかな》ってくれることになっている。そればかりは助かった。

「でもさあ、前島君、心中男の顔を覚えているの？」

有坂が首をかしげた。顔は見ているけれど、記憶に残っているかと言えば怪しい。ううん、と首をひねり始めた寅太郎を見かねたのか、谷が一つため息をついて、懐から矢立《やたて》を取り出した。

「おや、珍しいねえ。萬年筆《まんねんひつ》が流行《はやり》の時世に矢立なんて」

筆の先に墨壺《すみつぼ》がついた携帯筆記具で、明治の初めまでは見かけることが多かった。バンダイン商会が萬年筆を輸入し始め、国内でも生産されるようになってからはすっかり見かけなくなってしまったものだ。

「これが一番性《しよう》に合っている」

懐紙《かいし》を広げて、筆を執《と》った。

「まさか、人相書き？」

「ある程度なら顔を覚えているからな。あったほうがわかりやすいだろう」

そうは言っても、と寅太郎は懐紙に書きつけられていく線を見ながらひとりごちた。薩《さつ》摩芋《まいも》や里芋に似た絵を描く男だ。芸術だといって輪郭《りんかく》を全部四角にしかねない。

「あら、絵師さんなのね」

「画家だ。西洋画を専門にしている」

谷はものの数分で一枚の人相書きを描きあげてしまった。その出来を見て寅太郎は驚いた。

「うわあ、すごいねえ、谷君」

有坂が目を丸くして、その腕をたたえている。

懐紙には、写真かと思うほど精巧な人の顔が浮かび上がっていた。墨だけで描いたとは思えず、目の落ちくぼんだ恐ろしげな表情までが、くっきりと描かれている。まさしく先ほどの心中男だった。

「ええっ、普通の絵だ！　いや、むしろ精密だ！」

べったりとした赤と黒のキューブの地獄絵を描いていた男とは思えないほどの出来栄えだった。

「すごいわねえ」

愛が口元に手を当てて、人相書きを褒めた。水谷も目を丸くしていて、素晴らしい出来なのは一目瞭然《りょうぜん》だ。普段からこれを描いていれば、地獄絵などと言われずに済むのではないだろうか。それどころか、あちこちから引っ張りだこで仕事が舞い込んできそうなものだが。

「なんでそんなに不満そうなのさ」

有坂が不思議そうに問うた。

「おれの描きたい絵ではない。こんな何も生み出さないつまらん絵は、好みじゃない」

「こっちのほうが、きっと評価されるよ？」

寅太郎が何度もうなずいた。

「描きたくないものを描いて何が面白い」

谷はきっぱりと言い切った。

「おれは、巴里《パリ》の小さな展覧会でキューブの絵に出会ったんだ。ブラックという男の描いた絵で、斬新で今までにないような手法で描かれた絵だった。おれは画家を志していたが、それを見た時に、おれが描く絵はこれだと決めたんだ」

「そもそもどうして巴里にいたのさ。留学なんてそう簡単にできないよねえ」

許可を得て旅券を発行してもらうだけでも一般人には困難で、仏蘭西《フランス》まで留学となるとその費用もばかにならない。

「おれは帝都《どうもく》の商家《しょうか》の長男でな。谷屋という屋号で、呉服屋《ごふく》をやっている」

寅太郎は瞠目した。

谷屋といえば、帝都東京であちこちに店を構えている呉服の老舗《しにせ》だ。日本橋《にほんばし》に本店があり、銀座《ぎんざ》や赤坂《あかさか》には西洋服の店もある。輸入品も広く取り扱う、大店《おおだな》として知られていた。帝都でも指折りの大商家の長男ならば、華族に並ぶほどの地位があるはずだ。

「若旦那《わかだんな》だったんだねえ」

有坂が感心したようにうなずいた。愛が横から口をはさんだ。

「まあ、その貫禄《かんろく》なら顔役とも渡り合っていけそうだし、強盗も入りそうにないわねえ」

「女子《おんなこ》どもは怖くて、お店に入ってくれそうにないけどねえ」

けらけらとひと通り笑った有坂は、それで、と続きを促した。

「おれはもともと画家を志していたからな、若旦那などやる気もなかったから、商売の勉学のためと仏蘭西へ留学を申請したんだ。そこで絵を学ぶつもりだった」

「じゃあ日本に帰ってきちゃったら拙《まず》いんじゃあないの?」

谷がややバツが悪そうに後ろ髪をかき混ぜた。

「こっそりな。それも帝都ではなく横浜に帰ってきたから、まだ両親はおれが巴里にいると思っている」

黙って話を聞いていた水谷が立ち上がった。

「お前、そんな親を騙《だま》すようなことを!」

「だが家にいれば反対されるからな」

　谷は動じない。

　寅太郎は、谷に近いものを感じていた。巡査である水谷が怒るのも無理はないと思うけれど、やりたいことをあきらめきれないのは寅太郎だって同じだ。

「長男は大変だよねえ、跡取りだもの。ぼくは三男だから、結構好き勝手にしているけどねえ。親もぼくに跡取りは望んでいないだろうし。親も姉たちもぼくが横浜にいるなんて欠片《かけら》も思ってないだろうねえ」

「お前もか！」

　水谷がすかさず叫んだ。

「だってさあ、ぼくに科学や物理で国のために役立つ研究をしろって言うんだよ？」

「あたりまえだ。お前は学者なのか？」

「ぼくは浪漫研究家だよ！」

　水谷が困惑した表情を隠せずにいるのを見て、寅太郎はすかさず横から助言した。

「有坂さんは、帝大出身なんです。それでなぜかわからないんだけど浪漫研究家って名乗って、わけのわからない機械を発明しているらしいんですよ」

　水谷の顔がますます混乱していくのを見て、寅太郎は苦笑した。そりゃあそうだろうなあと思う。寅太郎にだってあまりよくわかっていないからだ。けれど、有坂の頭には途方もない量の知識と、常人がついていけないほどの学問の才があることは間違いないようだ。

「帝大も面白かったんだけれどねえ。でもぼくはぼくのやりたい研究をすることにしたんだ。祖父も父親も兄も軍人だから、ぼくに軍に入って役立つ研究をしろと言うけれど、そんなの少しの浪漫も感じない」

有坂の顔は実に不機嫌そうだった。寅太郎は一人うなずいた。みんな、色々理由があって横浜に来ているのだ。寅太郎だって、それは例外ではない。

水谷が、我慢できないというふうに拳をふるふると震わせていた。

「それで、ふらっと横浜に住みついて、それでお前たちは何を成す気だ。仕事は⁉」

「そりゃあもちろん、浪漫を探求して、浪漫発明をつくるよ。浪漫研究家という立派な仕事に就いているしねえ」

「おれはキューブの絵を描く。いずれ認められれば、誰かが見合った金を払ってくれるだろう」

「ぼくは西洋演劇の役者になるよ。いつか主役として舞台に立つんだ！　小屋は、首になっちゃったけど」

「だから、それが世のためになることか！」

水谷がとうとう堰《せき》を切ったように叫び出した。

「職にも就かずやりたいことばかり、お前たちはこの国の一国民であるという心構えはないのか⁉　職に就き国を富ませ、強き国にするというその心意気はないのか！」

寅太郎は首をかしげた。はたして、自分が西洋演劇をやることが、世のためになるのだろうか。誰かを救ったり、今やこの国が推し進めている、富国や強兵を成すために力を尽くすことができるのだろうか。

いいや、と寅太郎は首を横に振った。

「だってやりたいんだもの。楽しそうだし。誰かのためとか国がどうのとか、ちょっと難しいしなあ」

有坂と谷を見ると、二人とも同時にうなずいていた。有坂にいたっては、少しばかり鬱《うっ》陶《とう》しそうな顔をして水谷を見上げている。水谷の気質が肌に合わないのか、眉をひそめていた。

水谷は声もなく怒りで震えると、強く拳を卓に叩きつけた。

「何を言っても無駄のようだ」

背を向けて、硝子扉に手をかける。扉を開けて一度振り返った。

「お前たちのような堕落者には付き合ってられん」

言い捨てて乱暴に硝子扉を閉めた。店の中が一瞬しんと静まって、洋灯だけがゆらゆらと影を作っている。

「堕落者って、またずいぶんだよねえ」

有坂が苦笑した。

「あーあ、水谷さん、熱血だものねえ。前しか見えなくて、でもまっすぐでしょう？　あいうところがかわいいのよねえ」

くすりと笑って、愛が立ち上がった。心中男の人相書きをつまんで、着物の懐に忍ばせる。

「さて、前島さん……婚約者なのに名字はおかしいわよねえ。ええっと、寅《とら》？」

「それでいいです」

「じゃあ、寅と他二人にも手伝ってもらってもいいかしらァ？」

有坂と谷が顔を上げた。どうして、と顔に書いてあるようだ。

「明後日に山手のゲーテ座でパーティがあるのだけれど、そこにうちのお菓子を頼まれているのよ。パーティには出席だから寅にはパートナーとして来てもらわなくちゃあいけないし」

「ぼくが⁉」

「だって、婚約者でしょう？　吉田さんがどこから見てるかわからないもの」

愛は、ふっくらとした唇にちょんと人差し指を当てた。

「当日はお菓子もたくさん持っていかなくちゃあいけないし、今からお菓子の準備も必要でしょう？　こんなにか弱いわたしが、商会から小麦やバターや砂糖をたくさん仕入れるのは大変だもの」

にっこりと笑った愛は、有坂と谷に向かってずい、と身を乗り出した。

「こうなったのも縁《えん》でしょう？　手伝ってくれるわよねえ？」

寅太郎は、二人の表情が固まったのを見た。断り切れない、愛の雰囲気を感じているのだろう。

結局、愛が三食提供するかわりに労働力として有坂と谷も協力することになった。うなずかざるを得なかったんだよねえ、と、その日の帰り道に有坂がぼそりとこぼしたのに、谷と寅太郎はそろってうなずいたのだった。


横浜、伊勢佐木町の笠井《かさい》商会は、菓子屋や餅屋のための米や砂糖、小麦粉を取り扱っている。小麦粉と砂糖の袋をそれぞれ抱えた寅太郎と有坂、谷はそろって愛の店、ルゥ・ド・アムルを目指していた。明日に迫ったゲーテ座のパーティのために、これからたくさんの菓子を作るのである。

「ゲーテ座ということは、異国人もたくさん来るんだよねえ」

有坂が眠たそうな目で何度か瞬《まばた》きを繰り返した。ここ数日、例の彗星捕獲装置の改良と夜中や明け方ごろに見えるハリーの観察にいそしんでいるらしいのだ。高楼亭《こうろうてい》を追い出されて長屋の庭でやっているというのだが、他の住人には大迷惑だろうと寅太郎はひそかに思っていた。

山手にあるゲーテ座は、数年前に改名されている。以前はパブリク・ホールとして居留地時代に異国人たちが母国から一座や楽団を呼んで、西洋演劇会や音楽会を催《もよお》していたそうだ。

「あんまり大きいパーティじゃないし、略装でいいって言うんだけど。山手の近くに住んでいる大きな邸の人はみんな呼ぶみたいだね。そこに呼ばれる愛さんて何者なんだろう」

うん、と三人で顔を見合わせてうなずいた。

愛には謎が多い。名前も本名かどうか定かではないし、出自も年齢もはっきりしない。寅太郎たちにわかっているのは、西洋菓子の腕は飛びぬけていて、特にカステーラがおいしいということ。そして、その味にか、愛自身にかはわからないけれど、あちこち——下町の商人から自動車に乗っているような紳士《しんし》にまで——贔屓が多い、ということだった。

「前島君」

有坂が寅太郎の肩を叩いた。ルゥ・ド・アムルの店の前を指差す。一昨日谷が描いた人相書きの心中男がじっと店をうかがっている。

「うわっ、谷、ちょっとこれお願い！」

持っていた小麦粉の袋を谷に投げるように押しつけて、寅太郎は店の中に駆け込んでいった。愛を手招いて、その細い腰にしっかりと手を回す。

「あらァ、どうしたの寅？　積極的じゃない？」

「違いますよ、心中男がうかがってるんです！」

うう、と半ば泣きそうになりながら、寅太郎は一生懸命ロミオとジュリエットを思い浮かべた。花の咲く美しい庭で、秘密の愛を育む二人がそっと手に手を取り合う場面だ。

「——君の想いがどれほどでも、僕にはかなわない。ぼくはそれよりもっと深く、君を愛しているからだ」

愛の顔がわずかに赤く染まったのが見えた。演技の最中だけは、大人しく寅太郎に身を預けてくれるから助かっている。これでいつものような積極的なのに目の笑っていない愛だったら、寅太郎もロミオになりきれるかどうか、怪しいところだ。

「あら、寅ったら」

ぎこちなく微笑み返してくれる愛の手を取った。卓に押しつけるように、身体をななめに倒す。愛に覆いかぶさるようにして、その耳元でロミオの言葉をささやこうとした。

「――何をしているか！」

硝子扉を破らんかという勢いで水谷が飛び込んできた。寅太郎と愛の間に割り込んで、二人を引き剝《は》がす。

「もう心中男はいない！　いつまでやっている、堕落者壱《いち》！」

「壱って……」

寅太郎は払われてひりひりする腕を軽く振りながら、しゅんと肩を落とした。

「いいところだったのに、水谷さんが邪魔をするから、もう」

くすりと愛が笑う。それとも、と水谷の腕を取ったところで、彼の顔が真っ赤に染まった。大慌てで腕を振り払う。

「し、仕事中です！」

「仕事中と称して、ここ二日入り浸りだもんねえ」

有坂と谷が硝子扉をくぐって店内に入ってきた。小麦粉と砂糖の袋、バターの包みを卓の上に置く。

「堕落者弐《に》と参《さん》か。愛さんの役に立っているんだろうな」

「名前覚えてよ。いいけど、別に」

「買い出しぐらいはな」

谷が袋をまとめて三つ持ち上げると、台所に持っていく。そのあとをエプロンをつけた愛が追っていった。置く場所を細かく指示している声が、衝立《ついたて》の向こうから聞こえてくる。

「お前たちもこうして、普通の職に就け。月給取りなら紹介してやるし、参に至っては若旦那だろうが。実家に戻れ」

「断る」

きっぱりと言い切って、戻ってきた谷は椅子に腰かけた。この問答も、ここ二日で何度目だろうか。

「それよりいいの？　警邏の途中なんでしょ、はやく帰りなよ」

しっしと手を振って、有坂が水谷を追い出しにかかる。この二人の相性はすこぶるよくない。水谷も長居はできないと踏んだのか、舌打ち混じりに硝子扉の向こうに消えていった。

寅太郎は、谷や有坂とともに自宅のある伊勢佐木町に向かう道の途中で、見たことのある顔と鉢合わせた。

「西さんの家の、ええっと、鞠子《まりこ》さんだ」

寅太郎はあわてて会釈《えしゃく》した。

「その節は、父が御面倒をおかけいたしました」

鞠子は微笑むと三人に向かって頭を下げた。

「学校帰りですか？　にしては伊勢佐木町までは足を延ばしすぎじゃあないですかねえ」

有坂が問う。

「ええ。お芝居を見に来ましたの」

鞠子がそう言った。傍《かたわ》らに控えているのは、使用人の佐治《さじ》だ。鞠子のものと思われる、教科書の入った風呂敷を抱えている。ぎょろりとした目をせわしなく動かしていた。

「前島さんたちは、御勤めは見つかりまして？」

「あ……いいえ」

寅太郎は力なく首を振った。痛いところをついてくる娘だ。

「まあ、だめですわよ。明治の世は、女でも華々しく活躍する時代ですわ。うかうかしていると、殿方の本分を奪われてしまいましてよ？」

口元に手を当てて、ころころと笑う。

「わたくし、家政や習字や裁縫《さいほう》だけではなく、漢文も欧語《おうご》も理科も、甲乙丙丁《こうおつへいてい》で、甲しかとったことがないのです。それに、この間の運動会では器械体操も競争も毬投《まりな》げも一等でしたのよ」

又司は、娘の鞠子のことを、嫁の貰い手があるか心配だとこぼしていた。女児は習字や礼儀作法に厳しく育てられ、色は白くあまり日に焼けないほうが望ましいとされているから、この分ではなおさらなのだろう。鞠子本人はいたって気にしている様子はなく、むしろ誇らしげだった。

「これでいつでもお父さまのお仕事をお手伝いできますわ」

「貿易の仕事をするのか？」

谷が問うた。

「ええ。仏蘭西《フランス》や亜米利加《アメリカ》に行って、お父様の通訳をするのですわ」

胸をはって笑った鞠子は、傍らの佐治に視線を向けた。

「佐治だって応援してくれているわよねえ？」

「お嫁に行くことも、少しは考えてください」

佐治は困ったようにそう言った。

「それより、はやく戻りましょう」

「どうしたの、佐治？　ずっとそわそわして。お父様には遅くなると伝えてあるわ」

「いえ、だいじょうぶです」

佐治はぎょろりとした目を左右に動かしていた。は、と見開いたのがわかった。下町には珍しくもない、破落戸《ごろつき》が二人連れだってやってくる。一人は無精ひげの男、一人は小太りの男だった。男たちは、佐治に気づくと軽く手を上げた。

「よォ、佐治さん」

にい、と笑うと黄色い歯がのぞいた。垢《あか》のにおいがする。寅太郎たちにとっては珍しくもないが、鞠子は驚いたようだった。身構えて、一歩後ずさる。

「おお、アンタでかい家の使用人って本当だったんだなァ！」

「あの、今はちょっと……」

佐治があわてて男たちの腕をつかんだ。鞠子に何度か頭を下げて、何事か話し込んでいる。西家のような大きな商家の使用人の知り合いにしては珍しいなあと、寅太郎はじっとその姿を追っていた。

「佐治ってばどうしたのかしら」

　有坂が不安そうな鞠子の顔をのぞきこんだ。鞠子は顔を朱に染めて、視線をそらした。女学生にとって有坂の美丈夫ともいえる顔立ちは目に毒のようだった。

「どうかしたのかい？」

「いえ、佐治ってば、最近様子がおかしいものだから」

　鞠子が不安そうに瞳を揺らして見た先では、佐治と男たちが別れるところだった。

「じゃァ、よろしくなァ！」

　無精ひげ男が意気揚々と肩で風を切って歩いていく。何がおかしいのか、破落戸は二人そろって大笑いしていた。

「まいりましょう、お嬢様」

「ええ」

　鞠子は寅太郎たちに一礼して、佐治とともに山手へ戻っていった。

「鞠子さん、心配していたなあ」

　寅太郎がそう言った。有坂が軽く首を振る。

「大商家にもそれなりに後ろ暗い部分はあるんじゃあないの？　ねえ、谷君？」

「そうだな。顔役との付き合いもあるし、破落戸に金を払うこともある。お嬢さんに見せたくないんだろう」

　なるほど、そういうものか。寅太郎は軽くうなずきながら、二人の背中を見送った。

　寅太郎は、久々に袖《そで》を通す燕尾《えんび》服にいささか緊張しながら、愛に腕を差し出した。薄い藍《あい》色の夜会服に高く巻き上げた夜会巻の髪は、愛の白い項《うなじ》を美しく見せている。

　谷と有坂は、愛の作った西洋菓子を配って回るための給仕として、すでに中にいるはずだった。誰かのパートナーなんて久しぶりだ。せいいっぱい務めよう、と顔をきりっと結ぶ。

　一番困るのは、パーティに参加している人数が多いことだ。心中男が現れても、うまく愛の婚約者を演じられるかどうかわからない。

「……大人しくしていよう」

　寅太郎はじっと自分に言い聞かせた。

「でも、こういうパーティって華族や商会の人たちが多いのに、ぼくらちょっと浮いてるんじゃないのかなあ」

「だいじょうぶよ。このあたりの邸はみんな招待されているんだし、華族や商会だけじゃあないわ。ほら、大使館員とか、あとは女学校の先生とかいるわねえ」

愛があちこちを指した。服装も人種もさまざまで、日本語や英語、阿蘭陀《オランダ》語をはじめとした異国語が飛び交っている。

「こういう所に参加してお菓子を配るでしょう？　そうして贔屓を増やしていくのよ。招待状もちゃあんとあるから、だいじょうぶよ」

ほら、と愛が取り出した招待状には英語の筆記体で宛名が書かれていて、本当にこの人は何者なんだろう、と寅太郎は愛を見つめた。

「丁度いい寸法の燕尾服があってよかったわね」

寅太郎の持っている服はいつもの着物一式しかないので、貸衣装屋で燕尾服を借りたのだ。燕尾服を着た寅太郎を、愛が上から下まで眺めた。

「結構、さまになってるじゃない。着慣れていたんでしょう？」

寅太郎はうろたえた。

「いや、晴れの日には、普通ちょっといい服を着るから。それでだよ」

「まあ。こんなパーティでもなければ燕尾服なんて着ないわよ。普通はね」

じゃあパーティの夜会服を着慣れている愛さんはどうなんだろう、と口に出しそうになったが、こちらもこれ以上追及されてはたまらない。幸いなことに、愛は少し笑っただけで、それ以上は何も言わないつもりのようだった。

「いい女は隠し事が上手なのよ。自分だけじゃあなくて、パートナーの隠し事もね」

愛がいい女かどうかは寅太郎にはわからなかったが、少なくとも周囲から引く手あまたなのは確かなようだった。

「愛さん、次のパートナーには僕を、とお願いしたはずです」

「馬車道《ばしやみち》にいい西洋料理屋があるんです。オムレツを食べに行きませんか？」

「愛さん、ウチで扱っているものの中に、いい真珠が入ってきましてね。愛さんにお一つ贈らせていただきたいのです」

寅太郎はその光景をぽかんと見つめていた。一応仮とはいえパートナーがいるはずなのに、愛の周りには男が絶えなかった。うまくあしらっては西洋菓子の注文なんかを取りつける愛は、すごいやり手なのかもしれないと、寅太郎は一歩下がって些《いささ》か呆れた面持ちでそれを見つめていた。

会場をぐるりと見回すと、谷と有坂がせっせと西洋菓子を配って回っているのが見える。有坂などはいつもの奇抜な格好から給仕服に着替えたことで、またずいぶんと視線を集めている。夜会に集まった婦人方が、あちらへこちらへと手招きするほどだった。

卓の上にはさまざまな国の料理に交じって、愛の西洋菓子がさりげなく目立つ場所を陣取っていた。

「いやあ、大盛況だねえ」

「それは菓子か、それとも愛さんかな」

「両方」

有坂が給仕の格好のまま、寅太郎の後ろからひょいと顔を出した。谷も一緒だ。仕事が一段落したらしかった。

「さっき聞いたんだけれどさあ、ゲーテ座って西洋演劇が有名なんだよねえ。今日はやらないのかな」

有坂が残ったビスコイトをがりがりとかじりながら、周囲を見回した。

「どうかな。日曜日とか、降誕祭《こうたんさい》とか復活祭とかの、基督《キリスト》教の特別なお祭りの日に呼ぶみたいだから、今日はやらないかもしれないよ。前もそうだったんだ、春の桜が終わって、家の近くの赤坂御苑《あかさかぎょえん》の緑が綺麗《きれい》な頃だったから――」

寅太郎はそこまで言って、あわてて口をつぐんだ。谷と有坂が自分を凝視しているのを感じる。口を開いたのは有坂だった。

「前って、ここで西洋演劇を観たことがあるのか?」

「あ、あー……」

寅太郎はあちこち視線をうろつかせながら、やがてゆっくりうなずいた。

まだ幼い頃だった。居留地が返還されてから、すぐの春だ。たくさんの外国人がいて、誰もが自分の知らない言葉で話していた。異国人たちは兄たちよりずっと大きく見えたので、その時はそれが怖くてたまらなかった。

一人おびえていた寅太郎の前で、それは壮大な音楽とともに始まった。

「あの時の演目は、セーキスピアの『オセロ』。西洋演劇で、全部英語で、何を言っているのかわからなかったんだ」

それでも、その熱量を今でも覚えている。

ちりちりと身が焼けつくような熱気の中で、役者たちの身体が躍《おど》っていた。バレエを取り入れた動き。高く飛んで静かに降りる。声を出す。歌う、笑う。豊かな表情と表現と音楽が、幼い寅太郎を魅了した。まるで夢を見ているような心地でその一瞬を堪能して、そして寅太郎は固く心に決めたのだ。

あれをやろう。ぼくはあれをやって、生きていくんだ。

「それからぼくはずっと西洋演劇を志しているんだ」

寅太郎はへら、と二人に向かって笑ってみせた。有坂がぱち、と瞬きを繰り返す。

「でも住んでいたのは帝都なんだよねえ？　それも赤坂に」

「へっ！　まあ、そうだけど」

うう、と寅太郎は有坂と谷の探るような視線から顔をそむけた。

「居留地返還のすぐあとに、わざわざ帝都から横浜へ観劇、な」

「フルコースもそつなく食べるし、燕尾服も着こなすし。パーティのパートナーも驚いたことに違和感がないんだよねえ」

「それはほら、ぼくも有坂さんみたいに帝大出身だからかもしれないよ！」

「いや、前島君の頭じゃあ無理だよ」

有坂が真顔で言い切った。

「前島それは無理がある」

「谷まで！」

寅太郎は口を尖らせた。

「親も兄弟もぼくの芝居の邪魔ばかりするから、この春に飛び出してきちゃったんだ」

「邪魔ばかりって、反対されていたのかい？」

「そうなんだよ！　父さんも母さんも、歳《とし》の離れた兄さんや姉さん、みんなぼくの邪魔ばかりだったんだ！　だいたい、兄さんも姉さんもずいぶん前に結婚したのに、しょっちゅう家に戻ってくるんだよ！」

　谷と有坂は顔を見合わせた。

「上と歳が離れているのか？」

「ぼくが末っ子なんだよ。一番上の兄さんとは、十五歳違いだよ」

「一番上？」

　有坂が尋ねた。

「兄さんが三人と姉さんが二人。みんな家を出て一人で芝居の稽古《けいこ》ができると思ったのに、何かと言えば顔を出して稽古に割り込んでくるし。すぐお茶が入ったからって邪魔をしてくるし。学校でこっそり稽古しようとしても学校まで迎えに来るし、じゃあ家で稽古をしようと思った夜には料亭でご飯だっていうし……そのうち甥《おい》っ子も姪《めい》っ子もまとわりついてきて……きっとぼくが西洋演劇をやるのに反対なんだ！」

「ううん、歳の離れた末っ子ってかわいいからねえ」

　有坂が腕を組んだ。

「実家が帝都にあって御苑が近くて、優雅にお茶、料亭で食事ねえ」

「……もう家のことは関係ないよ。全部置いて、横浜に来たんだから」

　寅太郎はふいい、と視線をそらした。

「鞄《かばん》一個だけ持ってきたんだ。ゲーテ座のある横浜なら、芝居小屋も多いから。これで好きなことが誰にも邪魔されずに、思い切りできるんだ」

寅太郎は思っていた。谷も、有坂も自分に似ている。やりたいことにすべてを注いで生きていきたいのだ。

「まあ、やりたくないことはやっても仕方ないもんねえ」

「そうだよね、お金なくてもいいんだ。服も、なくても。愛さんの件が終わったら、またちゃんと芝居ができるところを探さないとなあ」

寅太郎は、いまだ男たちに囲まれている愛を見つめた。

「ぼくも早く浪漫発明を完成させないとねえ。大発明品評会も迫っていることだし」

「おれもだ。巴里《パリ》のブラックのように個展を開きたいな。画商に絵を売ってもらうというのも考えるか」

三人はそれぞれうなずき合った。

「また水谷巡査に、堕落者って言われるねえ」

有坂がにやりと口元を吊り上げる。面白がっているのがよくわかった。

「有坂さんは、あの巡査さんと喧嘩《けんか》ばっかりだもんね」

「向こうがぎゃあぎゃあ突っかかってくるんだから。余計なお世話だよねえ、ほんとに」

有坂がむっすりと唇を尖らせていると、とんとんと、誰かから背を叩かれて、寅太郎が振り返った。目の前には、羽織《はおり》に袴《はかま》の男。男の顔には、見覚えがある。ううん、と眉をひそめて、やがて寅太郎はぽんと手を打った。

「天空《てんくう》さん！」

僧衣を着ていないから、わからなかった。確かに、西家の披露会で出会った相承院《そうじょういん》天空だった。

「前島さんに有坂さん、谷さん。おそろいでどうされたんですか？」

「いやあ、色々とわけがありまして」

披露会の時から考えれば、こんなパーティに招待されるような身分ではないことはわかるはずだ。寅太郎は手短に事情を説明した。

天空は、愛に向かって優しげに顔をほころばせた。

「なるほど、ではあのお嬢さんを守るために……素晴らしい、前島さん。救いは御仏《みほとけ》だけがなすものではない、我々も他人を救わねばなりませんから」

「はい」

天空に褒《ほ》められると悪い気はしない。

照れている前島の後ろから、谷がひょいと顔を出した。

「あなたは、どうしてここに？」

西家の客分のはずの天空は、本来ならばパーティに出席することはできないはずだ。

「わたしは付き添いですよ。どうやら西さんは、わたしを幾分信用しすぎているようだ」

天空は顔をしかめた。

「またお会いしましたね」

天空の後ろからひょいと顔を出したのは、西家の娘、鞠子だった。桃色の夜会服に、高く結いあげた夜会巻。首には陶器の首飾りが提《さ》がっており、絹の手袋と大きな扇を持った姿は学生服よりも幾分大人びて見える。

寅太郎は驚いた。家族以外を娘の付き添いにするなんて、本人も言っている通り又司はずいぶん天空を信頼しているようだ。

「まさかおいでになっていたとは思いませんでしたわ。でも、丁度よかったのかもしれませんね」

鞠子が瞼《まぶた》を伏せた。天空がその肩にそっと手を置いた。

「近々伊勢佐木町のほうへ伺おうかと思っていたのです」

天空は、何かを憂《うれ》いているようで、寅太郎たちは顔を見合わせた。

「どうかしたんですか？」

「この間の披露会のことです。少し奇妙に思われませんでしたでしょうか」

問われて、寅太郎は考えた。ううん、とうなっている傍で、谷が腕を組む。

「確かにな。ハリー彗星の噂をあんな鵜呑《うの》みにするなど、前島ぐらいだ」

「どういう意味だよ！」

「世の中は、君ほどハリー彗星に対して騒がしくないってことだよ」

有坂が寅太郎の前で軽く指を振る。

「考えてもみなよ。ハリーは周期彗星だから、七十六年に一度は必ず訪れるんだ。ハリーが来て地球が滅びるなら、七十六年ごとに滅びてるはずだよねえ」

「あ、それは確かに……。で、でも今回は尾が地球を覆うんだよ！　毒が！」

「彗星の尾なんてのは希薄なものなの。地球は、ぼくらが住んでいる地上を分厚い空気で覆っているんだよ。ぼくらには常に七百ミリメートル以上の空気の圧力がかかっている。彗星の尾の圧力はせいぜい十分の一ミリメートル。地球の空気にはじかれて入ってくることはできないよ。万が一到達するとしても、炭素と窒素、酸素に鉄がちょっとっていうところらしいから、吸っても死んだりしないよ、別に」

有坂があっさりとそう言った。寅太郎は目を丸くして、ぽかんと口を開けている。

「新聞にも載っているぞ、このぐらい」

「谷も知ってたの!?」

「本当にこの世が終わるって思っている人間なんていないよ、ほとんどね。天文学的には素晴らしい機会だろうから、学者たちが騒ぎ立って色々触れ回っているだけで、誰も信じてなんてないんだよ。前島君以外はねえ」

　あからさまに馬鹿にされて、寅太郎はぐ、と言葉をのみこんだ。有坂に言われると、どうも科学的に理にかなっている気がする。

「でも、西さんは披露会を開いたんだよね、彗星が怖いからって」

「そうなのです」

　天空が、横でうつむいていた鞠子をそっと促した。天空と寅太郎たちを交互に見て、ややためらっているようであったが、やがて決心したように口を開いた。

「わたくしも、おかしいとは思っておりましたの。父が彗星、彗星と言うようになったのは、昨年の秋頃ですわ。ハリー彗星が見つかってすぐ、伊藤公《いとうこう》がお亡くなりになられましたでしょう?　彗星は凶事の証だと、父に吹きこんだ者がいるのです」

　昨年の十月末に、ハルピンで伊藤公爵《こうしゃく》が殺されたのは記憶に新しい事件だ。確かにハリー彗星が見つかったのもそのぐらいだったなあ、と寅太郎は記憶をたどりながら考えた。

「でもそれだけじゃあいくらなんでも……」

「もちろんそれはきっかけだわ。けれど、それに加えて最も信頼している者から毎日毎日含ませるように彗星は凶事だ、毒で死んでしまうと言われ続けたらどうでしょうか、あの頃は新聞や雑誌でもずいぶん煽《あお》っていたでしょう？」

それは、確かにそうだった。寅太郎はまだ帝都にいた頃だけれど、ずいぶん読み漁《あさ》ったものだ。毎日のように、西洋の学者の見解、とか、ナントカ博士の研究、が載って、やれ大洪水だ、やれ衝突だ、やれ終末論だと、今思えば面白おかしく騒ぎ立てていたに違いない。

「もともと父は小心なところがありますの。だから用心に用心を重ねて商売を成功させているとも言えるのだけれど……今回ばかりは、わたくしも呆れておりました。天空さんにもご迷惑をおかけして……」

「いいえ、お父さんを救うのも、わたしの修行の一つですから」

天空は苦笑しながら寅太郎に向き直った。

「もうおわかりかとは思いますが、あの時披露した、わたしの『力』もちょっとした小細工なのです」

寅太郎は驚いた。披露会の時、あの部屋で苦しんでいた寅太郎たちを助けたのは、天空の法力ではなかったのだろうか。寅太郎が声もなく目を見開いていると、有坂が大仰《おおぎょう》にうなずいた。

「やっぱりそうだよねえ」

「お前はわかっていたのか?」

「うん。どうやったのかもわかってるよ」

谷も検討はついていたようだが、有坂が小細工の内容まで推測していたと知ると、やはり驚いたようだった。顔には出ないけれど、眉がほんの少し上がっている。

「閉め切った部屋の中に、隣の部屋で炭でも燃やして送り込んだんだよねえ。狭い部屋で炭を燃やし続けると、頭が痛くなって意識がなくなる。やがて死んでしまうんだけどね。対処は割と簡単で、どこか小さな窓でもあって、外から新鮮な空気を入れるだけだよ」

天空が微笑みながら拍手をした。

「さすがですね、有坂さん。必ずお助けできるとは思っていましたが、苦しい思いをさせてしまって申し訳ありませんでした」

天空は真摯《しんし》に頭を下げた。

「じゃあ、あの時見た橙色《だいだい》の光とかも?」

「——電燈《でんとう》の光を見間違えたのでは? 心を落ち着かせる香《こう》を、少したいておりましたので、ぼうっとしていたのかもしれませんね」

「そもそも、そんなの見えたか？」

谷が首をかしげた。有坂も首を横に振っている。

「え、じゃあ本当に見間違いなのかなあ」

あんなに温かく、包み込むように光っていたのに。確かにむせるような香の匂いで、ぼんやりしていた気はする。頭も痛かったから、本当に見間違えたのかもしれない。

「あの時、鍵が開かなくなっていたのも、嘘だよねえ」

「はい」

天空がうなずいた。傍らの鞠子と視線を合わせる。鞠子が、やや哀《かな》しそうに瞼を伏せた。

「実は、あの計画をわたしに持ってこられたのは、佐治さんです。西さんがずいぶんハリー彗星におびえているようだから、安心させたい、協力してくれと言われて。それで西さんの心を救えるのならと」

天空が自分の両手を握り合わせた。

「佐治っていうと、あの使用人だよねえ。目がぎょろっとした」

鞠子がうなずいた。

「佐治はずいぶん前からうちに仕えてくれていて、父の信頼も厚いのです。もちろん、わたくしも信頼していましたわ。けれど、父にハリー彗星のことをずっと吹き込んでいたのも、佐治なのです。天空さんや、その、お三方まで巻き込んで大々的に披露会など開いたり、あんな危険な仕掛けを施したり。すべて佐治が指示したと聞きました」

鞠子が指示を仰ぐように天空を見上げた。天空がゆっくりとうなずく。その手が鞠子の背に添えられていて、それで少しは安心したのか、鞠子がわずかに微笑んだ。

「ハリー彗星の日、五月十九日の昼から深夜にかけて、天空さんに御守りいただく天文会を開こうと佐治が言い出しております。それも場所は、うちではいけないのだと……どこか高いところで、天空さんがハリー彗星をきちんととらえられる場所でないといけないから、と。うちは家族が出払っていても、使用人の何人かは邸に残すようにしております。けれど、その夜は家族も使用人も皆家を空けて、夜通し天文会に出るようにと父から言われました」

「なるほどねえ。その話だと、どうやら佐治さんは、天文会の日に全員を邸から追い出したいみたいだねえ。一連のあれこれもそのためなのかなあ」

有坂がふむ、とうなった。

「それに、前島さんたちとお会いしたあの日、佐治が伊勢佐木町で怖い男の方たちとお話ししていたのを見ました。あれも気になっていて。おかしいと思って、天空さんにご相談したのですわ。そうしたら天空さんが……」

「関係ないかもしれないと思っていたのですが。警察から旧居留地に住んでいる人たちに注意があったのです」

「それはどういう？」

谷が問うた。

「居留地が返還された時に多くの異国人が自分の家を引き払ったということですが、自国に持って帰らないままになっている物もあるんだそうです。西さんの家はもともと英吉利《イギリス》大使館の関係者の持ち物で、返還の時に丸ごと譲り受けたそうなんですね」

西邸にはあちこちに美術品がたくさん置かれていた。壁には何枚もの油絵、廊下には彫刻、時計から簞笥《たんす》、小物に至るまで細やかな装飾が施されていた。

「そういうものを狙って入る窃盗団というか、破落戸の集まりのような者がいるそうなのです。それらを買い取って、仏蘭西船や英吉利《イギリス》船の船底に、貿易品にまぎれこませて持ち帰るあちらの画商や貿易商もいるぐらいで。西さんにも気をつけてほしいと警察は言っていました」

「なるほど。一晩家を空にして、あの使用人がやりたいことが見えてきたな」

谷がふん、とうなずいた。寅太郎でも、ここまでくるとさすがに理解できた。

佐治は、天文会という口実で西邸を空にして、美術品を丸ごと盗んでしまうつもりなのだ。小心で用心深い又司は出かける時にも常に使用人を残していて、邸が空になることはない。だから、ハリー彗星と天空を利用して又司を騙したというわけだ。

「そんな、そんなの、ひどいよ！」

寅太郎は声を荒らげた。又司は本当に怖がっていたのだ。もちろん、それは寅太郎にもよくわかる。毒に包まれてしまうかもしれない、死んでしまうかもしれない。そういうものから、自分と家族と、それから使用人も守りたくて、又司は披露会や天文会を計画したに違いない。それがたとえ、佐治に言われたままにだとしても。

「それで、ぼくらを探してどうするつもりなのかなあ」

有坂が天空を見た。

「天文会は、行おうと思います」

代わりに鞠子が応えた。

「ええっ！　全部盗まれちゃうよ！」

「今、このことを警察に言ったところで、父が馬鹿にされて終わると思います。証拠は何もありませんし、佐治だって何も話さないと思いますから」

寅太郎は水谷のことを思い出した。彗星を怖がっている寅太郎をあんなに馬鹿にしたのだ。まともに取り合ってくれるとは思えない。

「何とか佐治を止めたいのです。わたくしが、幼い頃から仕えてくれた使用人です。でも、できれば、少し懲《こ》らしめてもやりたい。そう天空さんに言ったら、前島さんたちを探しましょうと言ってくださいました」

「ぼくたちを？」

　天空がゆっくりとうなずいた。

「手伝っていただきたいのです。西さんの彗星嫌いは相当なものですから、もういっそ天文会を行って、わたしのおかげで救われたと思ってもらうほうが、心の安堵《あんど》につながるかと思います。おこがましいのですが」

　天空は謙遜《けんそん》して軽く首を振った。又司にこれほど信頼されているのだから、そのほうがいいだろうと寅太郎も思う。

「ですが佐治さんをこのままにもしておけません。幸い披露会に出席されて事情を知っておられる方が三人もいる。わたしは、佐治さんを止めて彼も救いたいのです。お手伝いいただけませんでしょうか」

　三人は顔を見合わせた。天空は三人の前で深々と頭を下げている。天空が、すべてを救うと言っていたことを、寅太郎は思い出していた。又司や鞠子だけでなく、佐治も救いたいというのだ。

「もちろん！」

気がついたら、寅太郎は勢いよく返事をしていた。

「そんな、すごいです天空さん、誰でも救うなんて！」

「わたしではありません。御仏のお教えですから」

「ぼくだけじゃないです、谷も有坂さんも手伝います！」

「おい」

「ちょっと」

谷と有坂が横から口をはさんだ。

「前島君がやるのは勝手にしてくれればいいけどさあ、ぼくを巻き込むのはやめてよ。しかも天文会をやるっていうことは、彗星接近の当日だよねえ。ぼくは忙しい」

「おれもだ」

谷が横でうなずいた。

「せっかく七十六年に一度の彗星だ、おれは絵に残したい」

「ぼくだって、浪漫発明で彗星を捕獲するんだから」

「そんなぁ……」

寅太郎は途端に泣きそうになった。自分一人でどれだけの力になれるのだろうか。有坂や谷のほうが、何倍だって頼もしく見える。天空が苦笑した。

「そこを何とか。あの披露会に参加された以上、もう縁があると思っております。仏教の考えでは縁はとても大切なもの。ぜひ有坂さんや谷さんにもお手伝いいただきたいのです」

「むう……」

天空に正面から見つめられて、谷は顎《あご》に手を当てて考え込み始めた。もともと天空の人柄は嫌いではないと言っていたから、谷は希望があるかもしれない。寅太郎は有坂のほうに視線を向けた。こちらは、まったく響いてもいないようで、飄々《ひょうひょう》と明後日の方向を見ていた。

「では、こうしましょう」

天空が手を打った。

「彗星の最接近は十九日ですが、二十日でも十分地球に近い位置で見られます。有坂さん、以前高楼亭の楼《ろう》が彗星の観察には丁度いいとおっしゃっていましたね？」

「うん。でも追い出されちゃったんだよねえ。誰かが飛び降りたぐらい、別にどうってことないのにさあ」

「有坂さん、幽霊とか怖がらなさそうだもんね」

自分なら、誰かが死んだ場所に一人でとどまるなんて絶対に無理だ。寅太郎はぶるりと身体を震わせた。

「わたし、高楼亭には少し顔が利くのです。お手伝いいただけるのであれば、二十日の夜中、お三方に楼をお貸ししますよ。谷さんもそこで絵を描けば、きっと素晴らしいものができるのではないでしょうか」

これは、二人にとっては悪くない話のようだった。有坂の表情が目に見えて輝き出す。

「それはいいねえ。見晴らしもいいし、馬車道や大通りと違って周りに高い建物がないから、ハリー彗星を狙うには絶好の場所なんだよ！」

「おれも、そこなら邪魔されずに絵を描けそうだ」

二人は満足そうにうなずいた。

「手伝ってくれるの⁉」

寅太郎はぱっと顔を上げた。泣きそうだったのが嘘のようだ。

「高楼亭の楼を貸し切ってくれるというんだもの、手伝うくらいなら」

寅太郎は、天空の手をしっかりと握って、ぶんぶんと上下に振る。

「西さんも佐治さんも、絶対に救いましょう！」

「ええ、もちろんです」

僧衣は着ていなかったけれど、両手を合わせて微笑む天空は神々しく見える。寅太郎は何度も何度もうなずいた。

水谷は不機嫌だった。どこもかしこも堕落している。そんな気がして、苛々と早足で新富通りに向かっていた。懐の内には、帝都を荒らした詐欺師の人相書きがある。不機嫌のわけは、あの夜に三船に詐欺師が密出国したのではないかと相談したところから始まっていた。

「ちょっと耳に挟んだんだがな、ありゃあ警視庁も人数を割いてくれないわけだよ」

「どういうことですか？」

数日後、三船が仕事のついでにと伊勢佐木町警察署に寄ってくれたのだ。

水谷は、ずっと不満だったことを三船に話していた。帝都から来た話なのに、警視庁も神奈川県警察部も手伝いをよこす雰囲気がない。下手な人相書きを巡査が持ち歩いて、警邏の途中に目を凝《こ》らす程度、つまり捕縛する気がないのだ。

三船はからからと笑った。顎の無精ひげを太い指でこする。どうやら三船のくせのようだった。

「帝都で色々やらかしてはいたみたいだなあ。その帝都での最後の仕事に、どうも面倒なモンを騙くらかして盗んでいったらしいんだな」

「何を？」

「阿片」

「あ、阿片？　ではなおさらではないですか！」

日本国内では阿片はいまだ御法度《ごはっと》である。

芥子《けし》の実から抽出された阿片は、煙草《たばこ》のように吸うことで最初は痛みを麻痺《まひ》させる薬として使われていた。異国ではそれが嗜好品として広まったのだが、依存性が強く幻覚や幻聴などの症状があらわれ、吸引を続けるといずれ死に至るとして規制されるようになった。

日本国内では禁止だが、隣国清《しん》では庶民の中で大流行し、英吉利《イギリス》との戦争の引き金にすらなったという。いまだ清では阿片が普通に出回っており、亜細亜《アジア》では禁止されていない地域のほうが多いという話だった。

「そんなものがどこかに出回っているとすれば、即刻捕縛せねば！」

「出所が問題なんだよなあ」

水谷は眉をひそめた。国内にも扱っている商人がいると聞くから、裏では広く密輸されているのかもしれない。

「では、根元ごと叩けばいいのでは？」

「じゃあお前さん、上司の頭をぶんなぐれるかい？」

からから、と三船は笑った。

「台湾や満州じゃあ阿片は合法さ。漸禁政策で多少減ってはきているらしいが、まだまだ。先の戦争で日本が満州をぶんどって、駐在軍を置いたろう。あそこから陸軍のお偉いさん、ずうっと回って警視庁の上のほうに流れてきてたらしいんだな」

「なんと、いうことだ」

水谷は愕然《がくぜん》としていた。治安と秩序を守るべき警察が、なんという堕落だ。ふつふつとやりきれない怒りが心の内を満たす。

「その警視庁のどっかの偉いさんを騙して、ひと抱えほどの阿片をかすめ取ったのがそいつだよ。公《おおやけ》にしたいが、阿片の出所を探られれば拙《まず》いことになる。上の本音は、このまま横浜に逃げ込んで行方知れず、で手を打ちたいんだろうさ」

「そんなことが許されるはずがない！」

水谷はおもわず叫んでいた。ひと抱えもの阿片が横浜に蔓延《まんえん》したらどうなるか。横浜の街は港街である、他国に最も近いこの地でそんなことが起これば、他国からの阿片の密売が起きてもおかしくない。自分が守ってきた——少なくとも、一助にはなっているはずの、横浜の治安が乱されるのは許せなかった。

「おれが捕縛します。何としても」

「まあまあ落ち着け」

三船が水谷の肩を叩く。

「こっちからも多少掛け合ってみるが、期待はせんでくれな。あんまり上に嚙《か》みついてもいいことはねえよ」

「しかし……っ」

三船はそれ以上何も言わなかった。

水谷は三船と別れて、ルゥ・ド・アムル西洋菓子店に向かっていた。この苛々や腹立たしさを、愛の優しい笑顔と、温かな紅茶、甘い西洋菓子で払拭したかったからだ。愛がもしがんばれ、と一言言ってくれさえすれば、三船も警視庁も関係ない。心中男も詐欺師も阿片も、全部自分が解決できる気がしていた。

「愛さん——」

ルゥ・ド・アムルの扉をくぐって、水谷はげんなりした。そういえば、最近堕落者たちがごちゃごちゃと入り浸っているのだった。それも、自分がやりたくてたまらない、愛の子を頼む。

護衛として。

「……何をやっているんだ」

「あら、水谷さんいらっしゃい。今日はお仕事はもうおしまいなの？」

日は暮れかけていて、水谷ももう帰宅してもいい頃合いだった。うなずいて、紅茶と菓子を頼む。

「愛さんは、心中男の件はだいじょうぶですか？」

「ええ、心配してくださって、どうもありがとう。いい人ねえ」

穏やかに笑う愛は、水谷の癒《いや》しだった。いつも丁寧《ていねい》で優しくて、女性らしい。

「寅もいるし、春野《はるの》も俊篤《としあつ》もいつも守ってくれているわ」

水谷は、己《おのれ》の顔が固まったのがわかった。婚約者のふりをしている堕落者壱と、付き添い弐と参を、こともあろうかここ数日、愛は名前で呼んでいるのだった。婚約者なのに姓ではおかしいと前島を名で呼び始めたのを皮切りに、あれよあれよと三人とも、だ。

「もちろん、水谷さんも」

自分も、名でいい、と言ってみようか。優しい愛なら、ちょっと笑って、自分を名で呼んでくれるのではないか。薫《かお》り高い紅茶を一口飲んで、カップを置いた。

「あの、愛さん」

「なあに?」

「おれの……いや、おれのことも……——何をしている堕落者壱」

水谷は卓に拳を叩きつけた。前島は、ひっと肩をすくめて、おそるおそる自分を見てくる。いつもびくびくとしていて気弱な印象があるが、愛の婚約者のふりをする時だけ、がらりとその雰囲気が一変する。本当に、愛をいつくしんでいるかのような、あの瞳や仕草は、芝居といっても信じられないような気がしていた。

「あ、あの、巡査さん。ちょっと立ってもらってもいいですか?」

「はァ?」

「お願いします」

水谷はわけのわからないまま、椅子から立ち上がった。その隣に並んだ前島が、水谷と同じ格好をとる。

「サーベルを抜く時はどうするんですか?」

「こうだが」

剣帯《けんたい》に吊ってある鞘《さや》を左手でつかんで、右手で半ばまでサーベルを引き抜いた。しゅ、とさや走りの音がして、鋼《はがね》が洋灯の光を反射する。

「こう、ですね」

前島は自分の腰のところで見えないサーベルをしゅ、と引き抜いてみせた。

「何をしているんだ、馬鹿にしているのか堕落者壱」

「ち、違いますよう！」

ばっと水谷から飛び退《すさ》って逃げていく。奥で何やら作業をしている有坂と谷の後ろに、引っ込んでしまった。

「なあ、水谷巡査。やはり警察手帳なるものは持っているのか？」

椅子に座っていた谷が問うた。水谷は軽くうなずく。

「身分の証だからな」

「気になるな。本物を見たことがない」

強面の谷に見つめられて、水谷は懐から警察手帳を取り出した。黒革の横開きで、金で日章《にっしょう》と神奈川県という文字が入っている。

「なるほど、これを見せるのか」

谷が妙に感心したように言う上に、前島や有坂も注目するものだから、水谷は少しばかりいい気分だった。

「実際はどう使うんだ？」

「こう、表紙をめくって名を見せる」

水谷が一頁《ページ》目をめくると、名前や血液型が墨書きで入っている。なるほど、と谷がうなずいた。がたり、と椅子から立ち上がる。六尺《しゃく》三寸《すん》もあるから、水谷も見下ろされてしまうようだ。

「何だ」

「気にするな」

水谷を上から下まで見下ろして、やがて谷は満足そうにうなずいた。奥の卓の椅子に座り、机に覆いかぶさるようにして何事か作業をし始めた。

「うまくいきそう？」

「前島、邪魔をするな。線がずれる」

「うわあ、ごめん！」

谷が厳しい声で言った。

「まったく。おれはこんなあたりまえの絵など描きたくもない、つまらん」

谷がぶつくさと言いながら、筆を走らせている。濃い油のにおいがした。

「ちょっと、外でやってって言ってるのに、もう」

愛がむすっと口を尖らせて近づいてきた。無口な谷の代わりに、前島が頭を下げる。

「ごめんなさい、愛さん。でも愛さんから離れるわけにいかないし」

「もう。でも油臭いけど……見事だわねえ」

愛が頬に手を当てて言った。

「でも谷君、こんな、本当にすごいのにねえ。なんで好きに絵を描いたら、薩摩芋とかなんだかわけわからない四角とかのすごい絵になっちゃうのかなあ」

「うるさい。こんなものよりおれの描くキューブの絵のほうがよほど素晴らしいだろう」

「いや、だからキューブとやらじゃなくて普通に絵を描けばいいのに」

前島が横からそっと言った。愛と前島は、水谷と谷の手元を交互に眺めては何度もうなずいた。水谷はわずかに首をかしげて、谷の手元をのぞきこもうとした。

「ちょっと待った。谷君は恥ずかしがり屋だから見ないであげてねえ」

有坂が水谷の視界を遮《さえぎ》った。

「なんだ、何を描いている」

「巡査さんには関係ないよねえ」

へら、と有坂は笑った。

「貴様ら、何をたくらんでいる」

水谷の声が鋭く尖った。どうせろくなことではあるまい。堕落者の考えることだ。

「何にも？」

「信用できん、見せろ」

水谷は有坂を押しのけて谷の手元をのぞきこもうとした。その腕をやんわりとつかまれて、水谷は眉をひそめた。払いのけようとして、その手のひらが柔らかいことに気がついた。

「あ、愛さん！」

「ねぇ、水谷さん。俊篤や春野なんていいじゃない。新しく作ったケーキの試食をしてくれないかしら」

「愛さん、その、近、近いです」

女性特有の柔らかさには慣れていない。それに、愛の身体からは砂糖やクリィムの甘い香りがするのだ。艶のある瞳で見上げられて、水谷は顔を真っ赤にしてしどろもどろに取り繕《つくろ》った。

「あら、だめ？」

「いや、だめなどということはありませんが！　しかし、心の準備が！」

「何の準備かしら、水谷さんてば」

愛はくすくすと笑った。

「紅茶でも淹《い》れてあっちでお茶にしましょう？　ちょっと俊篤、少し片付けて」

有坂の足元にはばらばらと歯車や発条《ばね》、螺子《ねじ》がこぼれ落ちていて、さまざまな計算式や図式が描きつけられた帳面の切れ端が乱雑に飛び散っている。

「もう、紅茶に発条でも入り込んじゃったらたまったものじゃあないわ」

愛が腰に手を当てて怒った。有坂は少しも反省した様子がないようで、それでも足元の細かな破片を、足を使って集めていた。拾いあげて、いつもかぶっている山高帽《やまたかぼう》を逆さにして、ざらざらと放り込む。

「便利なんだよねえ、これ」

「帽子の使い方じゃないよ、有坂さん」

前島がきっぱりと言った。

この男も、女が好きそうな顔立ちの美丈夫だが、奇天烈《きてれつ》だ。服装もそうだが、手元の大きな筒を、楽しそうに弄《いじく》り回している。

「なんだ、それは」

問うた瞬間に、前島と谷がばっと身を引くのがわかった。

「巡査さん、なんてことを！」

「やってしまったな」

前島が谷とともに後ずさった。なんだ、と怪訝《けげん》そうにしていると、水谷の前に輝きを増した有坂の顔が近づいた。男でもおもわずどきりとするほどの、整った顔立ちだ。

「これはぼくの浪漫発明だよ！　聞きたいかい？　仕方ないねえ！」

「いや、待て」

「これは浪漫発明第二十二號改《ごうあらため》、実測照準器付彗星捕獲装置さ！」

「は？」

「来たる二十日、ハリー彗星をつかまえるための装置なんだよ。地球から一千哩《り》の所を飛んでいる彗星でも、ぼくにかかればゆうに地上に引きずりおろせる。ハリー彗星を捕獲するなんて、素晴らしい浪漫だ！　そう思わないかい？」

「いや……」

水谷は言葉に詰まった。言っていることの半分も理解できなかったからだ。有坂は機械の内容や特徴、実際どのように彗星を捕獲するのかなどを、時折化学式や難しい用語などを交えて喜々として説明している。

いや、まて、そもそもおかしくはないだろうか。

「――でもこの二十二號改は彗星用じゃあないんだよねえ、それがつまらないところで、でも二十日の本番に向けての試し打ちだと思えば、まあ悪くはないよねえ」

「彗星を捕獲できるわけがないだろうが。科学者のくせに、馬鹿なのか？」

有坂の笑顔が、固まったのがわかった。少し離れたところで、前島と谷が素知らぬ顔をして作業に没頭している。谷は一心不乱に何種類もの顔料をつかって、紙に筆を滑らせていたし、前島はぎくしゃくとわけのわからない動きを繰り返していた。どうやら、先ほどのサーベルを抜く動作のようだ。

「馬鹿はそっちだよねえ、ぼくのことを馬鹿呼ばわりするなんて、その脳みそどこかで積み替えてきなよ。それとも耳が悪いのかなあ？　口？　ぼくの新しい発明を取りつけてあげようか？　喋《しゃべ》るたびにぼくを褒めたたえるようになる、素晴らしい発明品をさあ」

有坂の機嫌が急降下したのがわかった。

「もういいよ、馬鹿に説明したぼくも、あるいは馬鹿なのかもしれないしねえ。ああ、浪漫の探求に使うべき限りあるぼくの時間を、こんな無駄に消費してしまうなんて、なんて愚かしいんだろうねえ」

有坂は言いたいことだけ言って、そのあと水谷が何を言ってもまったく取り合わなかった。せっかくささくれ立った心を癒そうと立ち寄ったのに、逆効果もいいところだ。

「ごめんなさいねえ、水谷さん」

「いや、愛さんが悪いわけでは……それよりあの堕落者たちをいつまで入り浸らせておく気ですか？」

「だって、吉田さんがまだ心中心中って毎日来るんだもの。寅がいないと困るし、春野も俊篤も、物持ちゃ力仕事でちょっとは役に立ってくれているのよ」

ふふ、と愛が笑った。行くところもない、仕事もない三人をなんだかんだと放ってはおけないのだろう。

「おれが、心中男のことも少し探ってみます」

「あら、でも水谷さん、大きなお仕事を抱えているのでしょう?」

「なかなか、うまく進まなくて」

水谷は自嘲《じちょう》気味に嘆息した。

「あちこちでちらほら同じような心中騒動が起こっているんです。伊勢佐木町警察でも原因を探っていますから、愛さんの周りも、直《じき》に穏やかになります」

「ありがとう、水谷さん」

そうやって、愛に笑いかけてもらえるだけで、水谷は心が浮き立つ思いだった。心中男も、詐欺師も阿片も、自分が捕縛する。そう気持ちを新たに、水谷はルゥ・ド・アムルをあとにした。

佐治巌《いわお》は、西家に長年仕える使用人だった。

東京のはずれの小さな農村で生まれ、兄弟で五番目だった佐治は大きくなるとすぐに奉《ほう》公《こう》に出された。西貿易社長の邸宅で働くことになった佐治は、それから三十年近く、西又司の前の主からずっと仕えてきている。

又司は、実に小心な男で用心深かった。又司の石橋を叩いて渡る性格が高じて、西家の貿易業はその業績を伸ばし続けていった。家に大切な証書や美術品が多かった西家では、使用人が家に残る時には、必ず数人を残して、邸を空にすることはなかった。

邸が今の西邸に変わったのは、ほんの数年前だ。それまでは山下にあった大きな日本家屋だったのが、居留地が返還された時に自国に帰った英吉利《イギリス》人から、又司が譲り受けたのだった。

西洋風の大きな邸だった。壁には絵画が、天井には細かな装飾が施され、あちこちに燭《しょく》台《だい》や鏡などが置いたままになっていた。その絵や装飾品に価値があると知ったのと、ふとこの先の自分の行く末を考え始めたのは同時だった。

仏蘭西《フランス》に伝手《つて》のある骨董商、と名乗る男が、佐治に声をかけたのだ。居留地に残された異人館には、驚くほど価値のある美術品がある。最初は、一目見るだけでいい、とその骨董商は言った。

骨董商は、佐治の両手を握りしめて叫ぶように言った。この邸の中にある美術品は素晴らしい。特に風景画だそうだ。驚くことに、その絵一枚だけで、佐治の人生で稼いだ給金の、軽く十倍はする値段だった。

欲が出た、と骨董商は言った。仏蘭西の美術商がこの邸の美術品を高く買うだろう。港まで持ってくることができたら、会わせる。そんなことができるものかと眉をひそめていた佐治だったが、やがて引きこまれるように男の話を聞いていた。

良い方法がある。骨董商の男はそう言った。

佐治は、自分の人生を考えた。貧乏な農家に生まれ、奉公に出され、文明開化とは何事だ、四民平等とはいったいどこに行った。又司は、他の主人と比べればきっと良い主なのだろうと思う。稀《まれ》に噂で聞くように、佐治を平手で打つことはないし、裸で外に放り出すこともない。

けれど、自分にはもっと別の人生があったはずだ。佐治は、その時初めてそう思った。

自分の、今まで稼いできた給金の十倍以上の金が手に入れば、どこかでまだやり直すこともできるかもしれない。十倍どころじゃあない、美術品すべて売り払えば、人生十度やり直してもつりがくる。骨董商の男は、ささやくようにそう言った。

骨董商は、さまざま助言してくれた。近づいてきているというハリー彗星を利用して、小心の又司を時間をかけておびえさせる。誰でもいい、誰かを利用してハリー彗星の日に天文会を開くのだ。

天空は、骨董商の男がどこからか見つけてきた、人のいい坊主だった。人を疑うことを知らず、主を心配する佐治を慮《おもんぱか》り協力を申し出てくれたのだ。天空は思いのほか又司の心をつかみ、ハリー彗星の夜の天文会の準備も、滞《とどこお》りなく進んだ。

天文会は、五月十九日の正午に始まった。高楼亭の庭を貸し切って、そこから彗星の尾が過ぎ去ると言われている二十日の夜明けまで行われる予定だった。すでに天空の祈りは始まっていて、西家は使用人も含めて皆勢ぞろいしていた。

西邸は今、越してきて初めて誰もいない状態になっているはずだった。

日が沈んだ夜の空を見上げて、佐治はそのぎょろりとした目を左右に動かした。夜も更け、間に食事や休憩を挟みながら行われる天文会は、仮眠する場所も高楼亭で借りていた。使用人たちは交代で眠りについていたが、又司は疲労の色が見えるものの、天空の傍にずっとついている。

空は分厚い雲に覆われて、尾が通り過ぎたあと夜明け頃見えると予想されているハリー彗星の姿をとらえるのは、絶望的だと新聞が報じていた。それでも伊勢山《いせやま》やあちこちの少しばかり高い建物にはこぞって見物人が集まり、雲が晴れるのを待っている。

人々の目は皆、空を向いていた。

「馬鹿馬鹿しいものだ」

佐治は一人ごちた。ハリー彗星の恐怖など、信じているのは又司だけなのだ。自分が仕組んだとはいえ、その姿は少し滑稽《こっけい》で哀れを誘った。だが、皆仕方なさそうに笑いながら、それでもこの滑稽な茶番に付き合ってやるのだ。それが、又司が使用人や家族から愛されているという証拠のような気がして、佐治はぎゅう、と心臓をつかまれた気分がした。

今から――いや、もっと前から、自分は主を裏切っているのだった。

「佐治、お前も仮眠をとるといい」

「お言葉に甘えます。天空さんも、よろしくお願いいたします」

佐治は、天空に向かって深々と頭を下げた。

これが、佐治の使用人としての最後の仕事だった。このあとは、盗んだ美術品を港で待っている、仏蘭西《フランス》の美術商とやらに引き渡して、その金で仏蘭西まで密航する予定だった。年甲斐《としがい》もなく心が浮き立つのを感じる。今から起こることに緊張しているのかもしれなかったし、新天地での新しい人生に感情が沸いているのかもしれなかった。

月すら雲に隠れてしまっている、暗い夜だった。

人の姿がようやくとらえられるぐらいの闇《やみ》の中で、佐治は高楼亭から抜け出した。西邸の鍵は、自分に預けられている。庭に隠しておいた美術品持ち出し用の大八車《だいはちぐるま》を引っ張り出して、玄関の前に置くと、佐治は鍵を開けた。

「遅いじゃあねえか、佐治さん」

暗がりから野太い男の声がした。物陰《ものかげ》から出てきた男たちは皆薄い着物をからげただけだ。数は四人。顔中無精ひげだらけの男が窃盗団の中心のようだった。

「悪かった。そっちの仲間が、窃盗団というわけか」

「へへ、そんなたいそうなモンじゃありゃせんよ」

男たちは声をそろえて笑った。無精ひげ男は二、三度打ち合わせのために顔を合わせたが、残りの男たちは初めて見る顔だった。このあたりを荒らしまわっている、美術品の窃盗団だということだった。邸を空にして、窃盗団を引き入れる。それだけで、佐治には人生をやり直せるほどの金が入ってくるはずだった。

「このあたりはいい稼ぎ場なんですよ。高く買い取ってくれる、異国人の旦那サマが御贔屓にしてくだすってましてね」

無精ひげ男が言った。

「骨董商や美術商が、窃盗団と手を組んでいるとは」

「こういう高い美術品をお求めのお客サマってェやつは、どこから仕入れたかなんてのは気にしないんですよ」

「取引の場所はどこなんだ？」

「新港埠頭《しんこう》です。港を埋め立てているでしょう？　あそこでもう、仏蘭西《フランス》だかどこだかの旦那サンが首を長くしてお待ちですよ」

「そうか」

佐治が答えると、無精ひげ男の唇から黄色い歯がのぞいた。垢のにおいがした。

男たちを伴って玄関から入ると、佐治は持ってきていた洋灯《ランプ》に火を入れた。電燈より穏やかな明かりが、ぼう、とあたりを照らす。玄関ホールに入ったところにある、手のひらを広げたぐらいの絵を見上げた。緑色が鮮やかな風景画だ。この絵が一番価値がある。そう言ったのは、披露会の時に西邸を訪れた画家だったたか。

「この絵が一番価値があるそうだ」

破落戸たちはそろって首をかしげていた。

「おれらァ学がねえですから。こういうモンはちょっとわかんねえなあ。アンタは詳しいのかい？」

ひひ、と無精ひげ男が笑う。

「……いや、おれもだよ」

佐治もぽつりとそう言った。佐治にわかるのは、西邸の中のことだけだ。絵などさっぱりわからないし、披露会で聞いた、芝居も、科学も、そして御仏のことやらもちっともわからない。

思えば思うほど自分の中が空のような気がして、佐治は振り切るように首を横に振った。

「いいかい、佐治さん。こういうのは手当たりしだいなんですよ。向こうは全部買ってくれるって言ってるんだ、根こそぎ──」

男がそう言った途端、ぱっと部屋の中に明かりがさしこんだ。

「何をしている！」

窓の外から、腹に響く鋭い声がした。明かりがゆらゆら揺れているから、洋灯かカンテラの明かりだとわかる。

「まずい！」

無精ひげ男が持ち上げ式の窓をばっと開けると、首を出して外をのぞきこんだ。すぐに引っ込めて、ばたんと窓を閉じる。

「佐治さん、巡査だ。警邏《けいら》に来やがった！」

その声が聞こえたのだろう。巡査が窓枠を二、三度がたがたと揺らして、やがて低い舌打ちが聞こえた。

「貴様ら、この家の者か！」

「どうする！」

仲間内の男の一人が言った。

「佐治さん、早いとこ逃げるぜ！　見たところあっちは一人だ、逃げ切れる」

無精ひげ男がすばやく指示を回し始めた。窓の外の明かりが激しく揺れている。巡査が異常に気づいて、どこか入り口を探しているのだろう。呼子《よびこ》を持っているはずだから、仲間を呼ばれれば厄介なのは確実だった。

佐治はどうすればよいかわからずに、ただ右往左往していた。その間に、窃盗団は各々腕の中に持てるだけの美術品を抱えて、裏口から走り出していた。

「こいつが一番価値があるんだろう、佐治さん、急げ」

大八車を引いている暇はない。二人で額縁を壁から外して、無精ひげ男と佐治で前後と抱えた。ほうほうの体《てい》で裏口から走り出す。がさがさと下草を踏む音がして、カンテラの光がぱっと男たちをとらえた。明かりに目がくらんではっきりとは見えなかったが、詰襟《つめえり》に特徴のある帽子は、巡査のものだ。

「急げ、いくぞ！」

無精ひげ男が叫んだ。

山下から新港埠頭まではそれほど遠くない。海風にのって潮の香りが鼻をつく。空を見上げれば、いまだ分厚い雲が空を覆っている。今頃、雲の上ではハリーの尾が通り過ぎているのだろうか。

「見えた！」

瓦斯灯に照らされる万国橋《ばんこくばし》を駆け抜ける。工事中の新港埠頭は本来であれば立ち入り禁止だが、警備の人間もおらず、船もつけやすいということで、後ろ暗い取引を行うには絶好の場所だった。

よく見ると、新港埠頭の向こう側に小さな漁船がつけられている。暗がりに、二人の影があった。窃盗団の男たちは、腕に抱えていた美術品を、それぞれ地面に並べた。最後に、無精ひげ男と佐治が、額縁を置く。

「遅くなったな」

息を切らした無精ひげ男は、二人の人間に小さく会釈した。

二人のうち、片方が手に持っていたのだろう、洋灯に火を入れた。浮かび上がったのは帽子を目深《まぶか》にかぶり、顔を隠している異国人の男と、その通訳と思われる男だった。

「お待ちしておりました」

異国人が話す、おそらくは仏蘭西《フランス》語を、通訳が日本語に翻訳する。

「こちらですよ」

「もっと数があると聞いていたのですが？」

「わけがあって、これだけになったんでさ。でもご安心、あの家に数ある美術品の中でも、これが一番価値があると言われてるんでさ。盗むのも一苦労だったんですぜ？」

「盗む？　人聞きの悪いことを言わないでもらいたい。君たちがどのような手段を用いようが、我々は関知しない。我々は、目の前の美術品に値段をつけるのが仕事だ」

「おっと、そうでしたっけねえ」

へ、と無精ひげが鼻で笑った。気取りやがって、と小声で吐き捨てたのが聞こえる。

「では、拝見」

美術商がじっと美術品に視線を滑らせた。洋灯の光を当てながら、上から下まですみずみ眺めた。絵だけで、佐治の人生の給金、ゆうに十倍とあの骨董商は言った。これで、自分の人生をやり直すのだ。

「素晴らしい、美術品もそうだが、この絵がやはり最も価値が高い」

佐治はごくりと喉を鳴らした。

「いくらになるんでしょうかねェ」

美術商が手元の紙に何ごとか書きつけて、無精ひげ男に差し出した。

「これはこれは。よかったですねェ、佐治さん。これだけありゃあおれたちで山分けしても、一人一生分は余裕ですぜ」

見たことのない額が躍《おど》っていた。

「は、ははは……」

「いやあ、西邸はずっと狙ってたんですがね、主の警戒心が強くてとてもじゃあねえが手が出せなかった。あんたが首尾よくやってくれたおかげですよ」

無精ひげ男はにやにやと笑った。今頃、西家の面々は雲の上のハリー彗星におびえている頃だ。自分の家の美術品が根こそぎ、なんて思ってもみないに違いない。

「まだあの家には残ってるんですよ。佐治さん、もうひと仕事、おれらと組みませんかね？」

「……いや」

佐治は首を振った。

「今回のことで、旦那様はまた用心なさるだろうし。それにおれは、異国へ行くと決めている」

「そりゃあ、残念」

無精ひげ男はがりがりと頭をかいた。白いフケが飛び散る。ひげの間の小さな目が歪んで、西邸に残った財産をどうやって奪おうかと、画策しているのだろうとわかった。

「じゃァ取引は成立だ。船に運ぶなら手伝いますぜ、旦那」

無精ひげ男が大きな額縁に手をかけた瞬間だった。

「――待て」

低い声がして、ぱっとカンテラの光が入る。一瞬光に目がくらんだ佐治だったが、傍らで無精ひげ男の舌打ちを聞いた。

「くそっ、面倒くせえな!」

「黙れ」

巡査が底冷えするような視線を投げかけた。無精ひげが頬を引きつらせる。

「何の用ですかねェ、こんな天変地異の夜に。伊勢佐木町あたりじゃァ、今夜みんな死ぬってんで妓楼《ぎろう》が大騒ぎだそうですよ。そんなに暇ならそっちに行かれちゃァどうですか」

巡査は顔色一つ変えずに黙殺した。

「そこの美術品は窃盗によるものだと思われますが、そちらは?」

かつかつと近づいてきて、足元の美術品を指差した。佐治は、自分の顔からざっと血の気が引いたのがわかった。

「なんだね、君は」

異国の美術商が、通訳を介して言った。

「伊勢佐木町警察署巡査部長、水谷正義《まさよし》。そちらの言葉で言うところのポリスだ」

鋭い瞳でじろりと美術商を睨みつける。美術商の眉がひそめられたのがわかった。

「は、信用ならないか」

巡査は鼻で笑って、懐から黒革の警察手帳を突きつけた。そこには確かに、水谷の名前が記載されている。肩の記章は星一つ。金色に輝いていた。

「さて、これは何の取引の現場でしょうか」

巡査がもったいぶるように言った。佐治は、がちがちと歯の根が震えるのがわかった。

「これ、は……」

「山手の異人館から盗まれた美術品であれば、我が国での盗品売買になりますが」

「これは正当な取引だ。ポリスの取り調べなら先日受けており、我々の潔白は証明されている。不当な理由で我々の正当な取引を妨げることはできない」

巡査は少しもうろたえることはなかった。それどころか、その立ち姿はなおさら凄みを増した。

「先日のことはそれ、今ここで行われているのは、盗品の売買ではないのか」

「その美術品が盗品である証拠がない」

「おれが見た」

巡査はきっぱりと言い切った。

「そうのらりくらりと言い逃れるのも大概にしておけ。そういつまでも、貴様ら異国人相手の治外法権が通用すると思ったら大間違いだ」

巡査は異国人の美術商を睨みつけた。聞くものを震え上がらせるような、低い声だ。

「横浜の街の治安を脅《おびや》かすものは、誰であろうとおれが捕縛する。異国人だろうが同様、条約も何も、犯罪は犯罪だ！」

腹から怒鳴って、サーベルを半ばまで引き抜いた。

「もう一度聞く。貴様らは、この美術品を買い取ったのか？」

異国人の男は、通訳と一度顔を合わせて、やがて首を横に振った。

「ちょっと旦那、そりゃあねえ！」

無精ひげ男が叫んだ。

「何のことか知らん。わたしは居合わせただけだ。あとは、そちらでやってくれ」

佐治と窃盗団の男たちが呆然《ぼうぜん》としている間に、美術商と通訳は足早に埠頭につけた船に乗り込んで行ってしまった。本当は新港埠頭に足を踏み入れるのも違法なのだが、巡査はそれを咎《とが》めるつもりは、今のところないようだった。

「さて」

振り返った巡査は、ぱちんとサーベルを鞘に納めた。

「貴様ら、最近流行《はやり》の異人館強盗というやつか」

ふん、と鼻を鳴らせて、何事か考え込むようにうつむいた。佐治は、地獄の沙汰《さた》を待っている気分だった。一度開けたと思った人生が、これで終わってしまう。それも、獄につながれてしまうのだ。

「……今、あの邸には誰もいない」

ぽつり、と巡査が言った。佐治は、顔を上げた。

「この美術品、今すぐ戻しに行けば、不問にしてやることもできる」

「冗談じゃあねえ！」

無精ひげ男が即座に怒鳴り返した。

「てめェ余計なことしやがって。剣帯がそんなに偉いか、えェ？」

「おれはそちらの使用人に言っている」

巡査の視線が、まっすぐに佐治をとらえた。佐治は、ほんの少し覚えた違和感に首をかしげた。この巡査と、どこかで面識があっただろうか。

「今すぐ戻せば、西さんにも誰にも気づかれないままだ」

腕を組んでこちらを見据える巡査の顔は、帽子に隠れていて、あまりよく見えない。その言葉は、先ほどまでサーベルを抜いて威嚇《いかく》していた時とは別人のように穏やかだった。

巡査は窃盗団の男たちのほうをちらりと見た。

「お前たちもだ。この美術品、西邸に戻せば今日のことはなかったことにしてやる」

「はァ？」

無精ひげ男はすっとんきょうな声を上げた。まさか、巡査から見逃してやるなんていう言葉を聞くとは思わなかったからだ。

「おめえ、ほんとに巡査か？」

巡査は答えないまま、窃盗団を見回した。

「どうする。おれ一人なら御《ぎょ》せそうか？　だが呼子を吹けば警邏中の仲間が集まるぞ。ここは水上警察も近いからな、逃げおおせると思うなよ」

男たちが顔を見合わせ始めた。今日の仕事はあきらめたほうがいい、というのが、大半の意見のようだった。巡査が見逃してくれる、こんな好機を逃すわけにはいかないというようだ。

「わたしは……」

もういちど西家で働くことを考えた。厳しいけれど優しい又司と、快活な娘鞠子。自分が統括してきた使用人たちのことを思った。あの生活は嫌いではなかった。けれど、決して明治の世が謳《うた》うように、平等でもなかった。学問もやりたかったし、自分で商売もやりたかった。奉公にさえ出なければ、もっと違う道がたくさんあったかもしれない。

自分の前にもう一つ用意されていた、新しい道のことも思った。

「佐治さん」

巡査が優しく佐治に語りかけた。

「邸に戻ってください。それを、望んでいる人がいます」

声音も雰囲気も、先ほどとはまるで別人だった。佐治は、驚いて顔を上げた。

「あの……あなたは、誰だ」

「佐治！」

突然甲高《かんだか》い声が飛び込んできた。

「お嬢様！」

佐治は驚いて走り込んでくる鞠子を見つめた。雰囲気の変わった巡査と、突然現れた鞠子を交互に見つめて、わけのわからない思いだった。

「どういう、ことなんだ」

巡査が、がりがりと自分の髪をかき混ぜた。

天文会の夜。大荷物を背負った有坂とカンテラを持った谷、そして寅太郎は西邸の前に集合していた。

「あははははっ、ははは、似合う、似合うよ前島君！」

寅太郎の格好を見た瞬間に、有坂が腹を抱えて笑い出す。

「本当に水谷巡査みたいだ」

ぶは、と一度止めた笑いをもう一度噴き出して、有坂は寅太郎を指差した。寅太郎の格好は、まるで警官そのものだった。よく見ると、制服の造りが一部異なる。本物を手に入れるのは無理だったから、よく似た詰襟の服を買ったのだ。

「でもさすが谷だよね、本物そっくり」

「絵とは思えないよねえ、この記章」

肩章と帽子の記章は谷がつくったものだ。六角形の日章は浮き出て見えるが、肩に絵を貼りつけただけの代物《しろもの》だった。

「よほど明るいところでじっくり見つめない限り、たぶんバレないよね」

「影や光のつけ方にコツがある。絵の手法の一つで、トロンプルイユというんだ」

谷は少しもうれしそうではなかった。谷の本分はキューブの絵を描くことで、それ以外の絵はつまらないと感じるらしいのだ。寅太郎からしてみれば、こちらのほうがよほど身を立てていけそうなのになあ、と思うのだが。

「あと、これね」

寅太郎は懐から警察手帳を取り出した。黒い革の造りに金色で日章が入れられている。中の頁も造り込まれていて、水谷の名前や所属が書かれていた。

「これ、あの一瞬見ただけでつくったの？　絶対必要ないのに、筆跡まで本物そっくりだもん」

「手を抜くのは性《しょう》に合わん」

好きな絵を描いているわけではないらしいのに、難しい性格である。

「あとは、前島君の芝居にかかってるんだから、頼んだよ」

「うう……だいじょうぶかなあ、うまくいくかなあ」

寅太郎は胃のあたりを押さえた。これから、自分一人で佐治や噂の窃盗団と立ち向かうのだ。

「窃盗団の人数はせいぜい五、六人だっていうから、だいじょうぶだよ」

十人を超えるとアガって芝居ができなくなるから、助かった。

「天空さんと鞠子さんは？」

「天文会に出ているよ。お嬢さんは来ても危ないだけだしねえ」

「そうだよね、ぼくらで頑張らなくちゃ」

寅太郎がぎゅう、と拳を固めた。

佐治の犯罪をなかったことにしたい、と鞠子は言った。美術品を取引させるわけにはいかないし、できれば、佐治には自分でこちらに戻ってきてほしかった。

「いいね、前島君。臨機応変にだよ。巡査に驚いて窃盗団が逃げればよし、美術品を持っていかれたら、取引を止めること、だよ」

「有坂さんこそ、万が一何かあったら、ちゃんと守ってくれるんだよねえ⁉」

寅太郎はがしっと有坂の肩をつかんだ。警察の格好とはいえ、サーベルはつぶれた刃が半ばまでしか入ってないガラクタだし、窃盗団にそろって襲い掛かられたらたまったものではない。半泣きで有坂の肩を揺さぶった。

「だいじょうぶだいじょうぶ。ほら！」

有坂は自分の抱えた大きな風呂敷包みをぽんぽんと叩いた。

「……それ、人が死なない程度には改造できたの？」

「もちろんさ！」

満面の笑みというあたりがなんだか怖い気がするが、あまり深く触れないようにする。舌戦で有坂に勝てた試しはないからだ。

「寅太郎君が全部うまくやると、こいつの出番がなくなっちゃうからさあ。一つ二つ失敗してもいいんだよ？」

「しないよ！　有坂さんができるだけその奇天烈な発明品を使わないように！　努力する！」

「ええー」

残念だなあ、と有坂がむすりと唇を尖らせた。

空は、分厚い雲がかかっていてハリー彗星の姿を見ることはできない。寅太郎は、残念なようなほっとしたような面持ちだった。有坂に説明されて、なあんだ、とは思ったものの、やっぱり怖いものは怖いのだ。

「西さんが信じちゃう気持ちもわかるよなあ」

異国ですらなじみがないのに、地球の外で起こっていることなんてすべてが不可思議で恐ろしい。寅太郎は空を見上げながら、何度もうなずいた。

佐治の名を呼んだのは、鞠子だった。

「鞠子さん、天文会にいるはずじゃあなかったのかい？」

有坂が目を見開きながらこちらに歩み寄ってくる。後ろから、天空が息を荒らげて追ってきていた。

「すみません、鞠子さんがどうしても行く、ときかなくて」

「お嬢さん、どうして、ここに」

佐治の震える声が問うた。

「どうしても気になって。わたくしが、あなたを止めないと、と思ったのです。わたくしたちの問題を、この方たちだけにまかせてはおけない、と」

え、と佐治の目が驚きに見開かれた。佐治に穴が開くほど見つめられて、寅太郎はやや身を引いた。

「あの、一度披露会の時におこしになった？」

「あ、はい」

寅太郎は思わず答えていた。

「巡査だったのですか？　いや、それより水谷さんというお名前でしたか？」

確かあの時いたのは、画家と妙な科学者と、そして正体不明の気弱そうな男だったと思うのだが。佐治が混乱したように眉をひそめた。

「仕方ないよねえ、あの時とはずいぶん性格が違うしねえ……」

「おれたちも一瞬、本物かと思ったからな」

谷が髪をぐしゃぐしゃとかき混ぜながらそう言った。

「その、美術品を戻して、佐治さんに邸へ帰ってほしかったんです」

「そんな……」

佐治の顔がぎゅう、と歪んだ。

「佐治、絵を戻して邸に帰りましょう。天文会は少し騒ぎになっているけれど、でもお父様には言いませんから」

天空も鞠子もいなくなって、その上会の責任者である佐治もいないのだ。高楼亭の庭ではひと騒ぎ起こっていることは容易に想像できた。

「お嬢様……」

佐治は地面に手をついてうなだれたままだった。

「佐治さん」

天空が柔らかく語りかけた。

「人は誰しも過ちを犯すものです。わたしも、皆さんも同じ。ですが、皆平等に救われます。仏の御手《みて》は広く厚く、すべてを包み込む救いの御手です」

うつむいた佐治の背にそっと手を当てる。

「鞠子さんも、こう言っておられます。美術品を返して、戻りましょう。誰にも知られていません」

「……ゆるされるのでしょうか」

佐治の声が震えていた。

「異国へ行って、新しい人生を歩みたかったのです」

「お父様や、わたくしに何かあるのなら、きちんと話し合うべきです」

「いいえ、違います、違うのです。違う人生があると、思ったのです……奉公人でもない使用人でもない、自由で豊かな人生が……」

寅太郎は、ぎゅう、と胸をつかまれる思いがした。同じことを考えたことがある。ふと隣を見ると、有坂や谷も明後日のほうを向きながら、きっと同じことを考えているに違いなかった。

「違う人生が、ある、ねえ。思った思った」

有坂がちらりと笑った。

「佐治の馬鹿」

鞠子は、ふふ、と穏やかな笑いをこぼした。

「ではわたくしが異国へ連れていくわ。わたくしが父の通訳になったら、佐治はわたくしとともに異国へ行くのよ。一緒に御勤めをしましょう？　給金も、他と同じように。佐治がそうしたいなら」

「わたしには、学がありませんから……」

「では学びなさい、今からでも。楽に逃げるのは甘えですわ。そんなもの三日で飽いて、あとは罪悪感に苛《さいな》まれるだけです」

女学生の言葉とは思えなかった。腰に手を当てて佐治を叱り飛ばす鞠子の姿は、すでにその将来の片鱗《へんりん》を見せている気がした。

「その通りです。さあ、戻りましょう。皆さん、美術品を戻すのを手伝ってください」

ぱん、と天空が手を叩いた。佐治はおずおずと立ち上がった。ぎょろりとした瞳がうっすら涙でぬれているのがわかる。

「――ちょっと待てや。そっちだけでお涙ちょうだい、いい話で万々歳《ばんばんざい》ってェわけにはいかねえだろうがよ。こっちはどうなる、こっちは、ええ、佐治さんよ」

ぽかんと事の成り行きを見守っていた窃盗団の無精ひげ男が、我に返ってそう言った。

「何が何だかわからねえが、こっちはこれが仕事よ。これで今日の稼ぎがゼロってェのはちょっと我慢ならねえな」

「この場を見逃してさしあげる、では救いになりませんか?」

天空が、両手をそっと合わせて言った。だが、窃盗団には逆効果だったようだ。

「あァ、ふざけんな! こっちももらうはずだった分け前をもらわねェと帰れねェなあ」

無精ひげが傍にあった美術品をわしづかみにした。窃盗団はてんでばらばらに、美術品を抱えていく。

「やめなさい! 全部戻さないと、佐治が!」

又司に知られるわけにはいかない。

「鞠子さん!」

寅太郎が叫ぶと同時に、鞠子は地面を蹴《け》っていた。無精ひげにつかみかかって、美術品を奪い返そうとしている。

「放しなさい、それはうちのものよ!」

「うるせェ! どうせ巡査も一人だ、怖いモンなんかあるかよ!」

無精ひげが鞠子の腕をつかんだ。太い腕が白く細い手首に絡んでぎりりと締め上げる。力では到底かなうべくもなかった。

「きゃあ！」

「お嬢様！」

佐治が叫んだ。無精ひげ男が、反対側の腕を振りかぶった。鞠子の頬を打つはずだったその拳は、どん、と鈍い音に変わる。

「っ、う……」

「天空さん！」

鞠子が小さく悲鳴を上げた。鞠子を庇《かば》ったのは天空だった。無精ひげ男との間に身体を割り込ませて、拳をその身に受けたのだ。

「ちィ！」

足元に転がった美術品を拾い上げて、窃盗団はそろって逃げ出した。手にはそれぞれ美術品を抱えている。

「有坂さん！」

「ぼくの発明品の出番だ！」

有坂が、ごとりと自分の傍らに置いてあった、筒を抱え上げた。不可思議な浪漫発明品、彗星を打ち落とすと言っていた。

「谷君、ちょっと前半分持って」

「お前、一人で使えないのか」

谷があきれながらも、前半分を持ち上げた。

「照準を、セット」

「有坂さん、早く！　逃げちゃうよ！」

有坂が筒の端に取りつけられた小さな筒をのぞきこみながら、がりがりと歯車をいじっていた。それに合わせて、筒の周りの細かな機械ががちがちと音と立てて動いていく。谷が気味悪そうに眉をひそめていた。

「だいじょうぶだよ、ぼくの発明した彗星入射角観測機改と核位置実測図改を使えば、絶対に当たるから」

がちん、と歯車が止まった。

「ちょっと、有坂さんもう見えなくなっちゃったよ！」

「よし、前島君、前に立つと危ないよ」

「うわあ！」

「発射！」

「待ってよ！」

ばん、と鈍い音がした。あわてて避けた前島のすぐ横を、小さな何かがひゅん、と通り過ぎていく。

「前島君、次、危ないよ」

「へ？　うわァ！」

続いて、何か大きな塊《かたまり》が吹き飛んでいった。ご、と風が吹きつけて、寅太郎はおもわず地面に転がった。

「ぎゃァ！」

「うわァ！」

野太い声が四つ。遠く離れた場所で響いた。

「よし！」

有坂がきらきらした顔でそう言った。筒をそっと地面に置いて、声のしたほうへ歩みを進める。少し歩いたところで、白い網にがんじがらめに絡めとられた四人組を発見したのだった。

「あの距離で当たるんだ……」

寅太郎は改めて有坂を見上げた。その整った顔が得意げに輝いている。

「ぼくの入射角観測機と実測図が正しいことが証明された。それに、発射弾も速射網もきちんと機能したしね。これで明日の彗星捕獲も完璧だ、ぼくの浪漫発明に死角はないよ」

「……これ、警察とかに売れば、儲かりそうなのになあ」

視界から消えた標的をとらえ捕縛する、なんて、これを水谷が知ったら、有坂はすぐに警察に連れていかれそうだ。

美術品も無事に取り返すことができて、寅太郎はほっと胸をなで下ろした。

「あ」

谷が唐突に声を上げた。上を、指差している。

「あ……あっ！」

寅太郎もつられて上を見上げた。

先ほどまで、空は分厚い雲に覆われていたが、すう、と切れ目が入っていた。

そして、そこから見えたのだ。

「……ハリーの尾だ」

地球に最接近したハリー彗星は、天《あま》の川《がわ》を切り裂くような雄大な尾を見せていた。輝く核と大きくたなびく尾を、寅太郎はぽかんと見上げていた。

「こんなに美しいものが凶事を呼ぶわけがありませんよ」

天空が空に向かって両手を合わせた。

五月二十日未明。この日ハリー彗星は雲の切れ間より各地で観測され、その尾が過ぎ去った後《のち》、何事もなく平和に終わったと皆胸をなで下ろした。なあんだ、やはり噂は噂だったのだ、と。ハリー彗星が引き起こした騒動は、雄大な尾がゆっくりと幕を下ろしていったのだった。

「そういえば」

有坂が顔を上げた。

「お嬢さんは、どうしてここがわかったの？　ぼくらもあの強盗団についてきたんだけど」

鞠子が首をかしげた。

「天空さんが、知っておられました。佐治を説得できるのはわたくししかいないとおっしゃってくださったのですわ」

鞠子は、自分を庇ってくれた天空に微笑みかけた。ふうん、と何事か考え込むようにつぶやいて、有坂は再び空を見上げた。

三　彗星心中の秘密

天空《てんくう》や鞠子《まりこ》が天文会を抜けてしまったため、結局佐治《さじ》の件は又司《またじ》の知るところとなった。天空と鞠子の必死のとりなしと、美術品がすべて無事だったこと、佐治自身が又司に頭を下げたことで、佐治は再び使用人として仕えることになったそうだ。

「天空さん、この件でずいぶん西《にし》さんに信頼されているみたいだねえ」

あの騒動から数日後、三人はルゥ・ド・アムル西洋菓子店に集っていた。有坂《ありさか》が新聞を丁寧《ていねい》に折りたたんだ。寅太郎《とらたろう》がそれを手に取って、再び開く。

「鞠子さんを助けたから？」

「それもあるけれど、披露会の件もきちんと説明したらしいし、謝罪もしたんだってさあ。それで信頼を得たみたいだねえ。客分として当分西家に厄介になるって言っていたよ」

新聞では、ハリー彗星《すいせい》の記事が紙面を賑わしていた。最接近が終わった二十日のあとも、ハリーの姿はまだ見え続けている。ここからだんだんと小さくなっていって、やがてまた七十六年の旅に出るのだという。

「でも、さすが高楼亭《こうろうてい》だったなあ」

二十日の夜には天空の口利きで、寅太郎と有坂、谷《たに》の三人で高楼亭の楼《ろう》を貸し切っての天文会をしたのだ。

「ああ、おれもいい絵が描けた」

谷が満足そうに腕を組んだ。目の前には一枚の紙、その上に墨だけを使った、何とも言えない絵が描かれていた。

「谷君のは何？　葱《ねぎ》のような、牛蒡《ごぼう》のような。でもちょっと角張っているからなあ」

有坂が絵をのぞきこんでからかった。寅太郎が見ても、端がちょっと角張った葱に見える。これがあの夜描いたハリー彗星の絵だと谷は主張していて、次の展覧会に出品するつもりだと得意げに言っていた。

「墨だけで描いた夜闇に、切り裂くように尾が走っているだろう。墨は混沌としたこの国を表しているし、彗星は時代を切り裂いているとも見えるな。なかなかいい絵になった」

「うん、それで谷が満足ならいいんだけど」

墨塗りの〝混沌〟部分を手直ししている谷を眺めながら、寅太郎は有坂を見た。

「有坂さんは残念だったねえ」

「何がだい？」

「だって、彗星の捕獲に失敗したじゃないか」

高楼亭の上から有坂が放った浪漫発明は、残念ながら、というよりはあたりまえのことだが彗星をとらえることはできなかった。ずいぶん高くまで上がったのだが、そのまま捕獲網はどこかに消えてしまったのだ。

「まあ、無理だとも思ってたけどさ」

「発明に失敗はつきものだからねえ。まだハリーは近くにいることだし。狙いは外れていなかったから、やっぱり発射弾の速度だよねえ……もっと速くしないとなあ」

ぶつぶつと何事かつぶやきながら帳面に書きつけている有坂を見て、寅太郎は肩をすくめた。まだあきらめていないらしい。だいたい彗星なんてつかまえてどうするのだろうか。

「寅《とら》、来て」

愛《あい》の声が寅太郎を呼んだ。硝子《ガラス》扉から外をのぞきながら、寅太郎を手招きしている。

「また来たのかい？」

有坂が問うた。

「うん。おかしいよね、彗星は通り過ぎたから、心中騒動も収まるかと思ったんだけど。来る頻度も上がってるし、なんだか最近、わけがわからないことを言うんだ、あの人」

寅太郎は、愛の傍《そば》に駆け寄った。硝子扉の向こうからこちらをうかがう男は、寅太郎の姿を見るとぎり、と歯を嚙《か》みしめて悔しそうに睨《にら》みつけてきた。目の周りが薄黒く落ちくぼんでいて、ずいぶん瘦《や》せたようだった。

「あの人、だいじょうぶなのかなあ」

「病気か？」

谷が言った。

「でも吉田《よしだ》さん、元気だったわよ。もっと快活で明るくて。ハリーが通り過ぎたら元に戻るかとも思ったんだけど、どうしてかしら」

愛が頬に手を当てた。心中男は店の前をしばらくうろうろしていたが、やがてのっそりと背を向けて去っていった。ぶつぶつと何かをつぶやいているのが聞こえる。

「——救われるんだ……愛さん、も、ともに」

ぞっとするような響きがあった。

寅太郎はふう、と息をついて、椅子に座り込んだ。

「彗星が通りすぎるまでかと思っていたけれど、長引くかしら」

愛が寅太郎と有坂、谷の前に淹《い》れたての紅茶を置いた。今日は小さなシウクリームが皿に添えられている。寅太郎はさっそくかぶりついた。

「もう寅との恋人ごっこも飽きちゃったわ」

ねえ、と赤い唇を吊って笑う。

「それに、吉田さんが来た時しか構ってくれないんだもの？　いいのよ、もっと普段からこうしたって」

寅太郎の手のひらをそっと腰に添えた。

「あ、愛さん！」

寅太郎の顔がぽ、と真っ赤に染まる。

「やめてくださいよう！」

「あらぁ、涙目。かわいいのねえ」

「うう……」

目元を人差し指でぬぐわれて、寅太郎は身を引いた。

「愛さん、前島《まえしま》君が本気にしちゃうよ」

有坂が面白そうに言う。

「あら、俊篤《としあつ》のほうがよっぽどだわ。この間だって一生懸命声をかけに来てくれた女学生の子二人とも、ツンケンした態度で追い返しちゃって」

「だって興味ないんだもの」

あっさりと有坂が言って、前島と谷は無言で顔を見合わせた。うらやましいとかじゃない。絶対に。決して。

「でも、こう続くと気が滅入《めい》るわね」

愛が自分も紅茶をひとくち飲んで、ふうと悩ましげにつぶやいた。

「わたしちょっと見てこようかしら」

愛がかたりと椅子から立ち上がった。エプロンを外して、卓の上に置く。

「見てくるって？」

「吉田さん。彗星でちょっと怖くなっておかしくなっちゃっただけだと思っていたのよ。でも彗星が通り過ぎたのにあのままなんておかしいもの。家で何か起きているとか、病気だったらお医者様に見せないといけないでしょう？」

「愛さん、危ないよ！」

寅太郎もつられて立ち上がった。愛の顔は本当に心配そうだった。いつもすぐ人をからかったり面白がったりしているけれど、愛が実はこういう女性だということを、寅太郎はなんとなくわかっていた。愛の淹れる紅茶はいつも繊細な味がするし、食事だってなんだかんだと世話してくれているのだ。

「ぼくが、見てくるよ」

寅太郎はそう言って、谷と有坂のほうを向いた。

「もちろん、三人で、だけど……」

硝子扉を出たところで、路地を曲がった。

「追いつけるかな」

「いつもこの方向だから、たぶんだいじょうぶだよ」

有坂も谷も文句を言わないままついてきてくれるのは、たぶん愛さんのためなんだろうなあ、と寅太郎は思っている。

「ああ見えて、結構気づかい屋だし、なんだかんだってぼくら食べさせてもらってるもんなあ」

「おれたちが職がないから、おれも有坂も前島のついでに世話してくれてるんだろう」

谷が傍《かたわ》らでうなずいた。有坂が前を指差した。

「いたよ」

ふらふらと左右に傾《かし》ぎながら、雑踏を抜けていく心中男の姿が見える。男の後ろ姿が見える位置について、あとをつけながら寅太郎はだんだん最近見慣れた道に入っていくのに気がついた。中華街《ちゅうかがい》の向こう、山下町《やました》だ。

寅太郎たちは顔を見合わせた。見上げるほど、高い楼が立っている。高楼亭だった。

「ここに、用事?」

心中男がふらふらと中に入っていくのを見て、寅太郎は首をかしげた。どう見ても、老舗《しにせ》の高級料亭に用があるようには見えなかった。

「いくぞ」

谷が短く言って、高楼亭の門をくぐる。上に伸びる楼はハリー彗星のあの一日だけ特別に開いていたが、今は封鎖されているはずだった。主があそこから飛び降りて、死んだからだ。そのことを思い出して、寅太郎は顔をしかめた。

高楼亭の中は、また香《こう》の匂いがした。

「おや、何かご用ですか？」

番頭が顔を出した。先に入ったはずの心中男の姿は見えない。

「先日はどうもありがとうございました」

寅太郎は頭を下げた。

「いいえ、天空様のご紹介ですから。今日はお食事ですか？　あいにくご予約が埋まっておりますが」

「あ、いやそうじゃなくて。あの、吉田さんっていう人を探しているんですけど」

番頭が一瞬軽く息を詰めたのがわかった。

「お知り合いですか？」

問い返されて、寅太郎は答えに詰まった。結局、曖昧《あいまい》に笑ってごまかしておく。

「まあ、そんなところです」

「吉田さんに何のご用でしょうか」

番頭はどうやら心中男のことを知っているような口ぶりだった。だったら早く教えてくればいいのに、と思うのだが、番頭が笑顔のままじっとこちらを見つめているから、そんなことも言い出しにくい。

番頭の目の下にうっすらと青い隈《くま》が見える。この番頭も、そう言えば少し痩せたのではないだろうか。

「会って、少しお話ししたいことがあるんです。その、吉田さんと」

「彼から、何か聞いておりますか?」

番頭の目が、笑顔のままきゅう、と細くなった。白目が黄色く濁っている。背筋を伸ばしたまま抑揚《よくよう》のない声で問われて、寅太郎はなんだか気味が悪くなってきた。

「いいえ、ちょっと話したいだけなんです。あの、いないならいいです」

寅太郎はわずかに後ずさった。

「吉田さんなら、今は御教授を受けていらっしゃいます。お待ちになってはいかがでしょうか」

「御教授?」

聞き返したのは有坂だった。聞きなれない言葉だ。

「ええ。吉田さんから聞いてはおられませんか?」

寅太郎が困惑している中、有坂と谷は顔を見合わせていた。小声で何事か話している間に、番頭の口から次々と言葉が流れ落ちてきた。

「吉田さんはお変わりになられました。素晴らしいことです。御教授が成功している証《あかし》、彼が救われるのもすぐのことでしょう」

寅太郎が眉をひそめていると、横から有坂が口を出した。

「ぼくたち、実は吉田さんみたいになりたくて来たんですよ。ほら、最近あの人、前よりずっと具合が良さそうだから。うらやましくてさあ」

「有坂さん？」

寅太郎が怪訝《けげん》な顔をしたのを、横から谷が制した。

「それはそれは……」

番頭が、少し考え込むそぶりをした。少しお待ちください、と言って傍にあった小さな棚の中を探る。その間に、寅太郎はそっと有坂にささやいた。

「有坂さん、どういうこと？」

「心中男がああなった原因は、どうもここにありそうだってことだねえ」

寅太郎は高楼亭の中を見回した。西洋風と和風の折衷《せっちゅう》という、造りこそ珍しいものの、普通の高級日本料亭だ。ハリー彗星の心中騒動と何の関係があるというのだろうか。考えれば考えるほど、寅太郎の頭は混乱した。

番頭がくるりとこちらに顔を向けた。

「お待たせいたしました、こちらをどうぞ」

小さな包みが三つ、寅太郎が差し出した手のひらに落とされた。親指の爪ほどの大きさで、薄桃色の包み紙の両側が絞ってある。

「まずはこれで、心を穏やかにされてから、という決まりですから」

番頭はそれだけ言って、穏やかに笑った。寅太郎が背を向けた番頭を引き留めた。

「その、御教授っていうのは、誰がやってるんですか？」

番頭の目が少しだけ見開かれた。

「おや、御存《ごぞん》じかと思っておりましたが」

番頭は薄い隈のはった目をきゅう、と笑みの形に歪ませた。

「天空様ですよ」


ルゥ・ド・アムルに戻ってきた三人は、愛も交えて卓に円になって座っていた。有坂が卓に肘《ひじ》をついた。

寅太郎は、シウクリームをくわえたまま、自分の着物の袖《そで》を探った。薄桃色の包みを三つ取り出して、一つを開けた。小さな円錐《えんすい》形の香が転がり出る。

「吉田さんが受けてる〝御教授〟っていうのを受けるためには、これが必要だって言われたんだ」

「それで、もらってきたのね」

愛が小さな円錐形の香をつまんで、真ん中に置く。桃色の香だ。

「ちょっと甘い香りだけど……」

「高楼亭のにおいだよね」

寅太郎は、そうして首をかしげた。これと同じ香りを、どこかでかいだことがある気がする。どこだったかなあ、と首をひねっていると、愛が厨房の熾火《おきび》から火種を持ってきて、香に火をつけた。じり、と頂点が赤く色づいて、やがて薄い煙が立ち始める。

「あら、甘くていい香りねえ。珍しい香りだわ」

「少し甘すぎないか」

谷が顔をしかめた。

「どうも番頭さんが言うには、心が安らかになるらしいんだけど」

寅太郎がそう言って、香を思い切り吸い込もうとした途端、有坂が無言で紅茶のカップを持ち上げた。香の上で逆さまにする。

「有坂さん?」

しゅう、と小さな音がして、香の火が消えた。水浸しになった卓と有坂の顔を交互に見ながら、寅太郎は眉をひそめた。

「どうしたの?」

「前島君の頭がそれ以上馬鹿になったらさすがにかわいそうかなあと思ってさあ」

有坂は悪びれることなく、空になったカップを皿に戻す。見上げた有坂の顔が妙に真剣で、寅太郎のほうが戸惑った。有坂は紅茶に濡れた香を摘《つま》み上げた。鼻に近づけて、匂いをかぐ。

「これ、残りの包みも含めて早く捨てたほうがいいよ、水谷《みずたに》巡査でも来たら、サーベルで斬りつけられるかもしれないからさあ」

「え、どういうこと?」

香を卓の上に転がして、有坂が言った。その香を摘み上げようとした寅太郎の手を、谷がつかんで止めた。

「危険なんだろう」

有坂がうなずいた。

「有坂の頭だけは信用できる。おれたちの中で一番、頭がいいからな。頭だけだが」

「褒《ほ》めるならきちんと褒めてくれてもいいんだよ、谷君」

「残念だが褒めていない」

谷が真顔で答えた。けれど、確かにそうだ。浪漫《ろまん》研究家なんていう不可思議な職を自称しているけれど、有坂の頭の中には、帝大《ていだい》出の知識が詰まっている。

「有坂、それはなんだ」

「阿片《あへん》」

――沈黙が下りた。

寅太郎は目を見開いたまま、何か言おうとしたけれど、何も出てこなかった。

「芥子《けし》の実から精製されるもので、薬としても使われるけど、国内じゃあ御法度《ごはっと》だよねえ。そのうち楽しい気分になったり幻覚が見えたりしてくるよ。依存性もあるらしいから、欲しがるようになる。隣の清《しん》じゃあ、これのせいで国が亡《ほろ》びるっていうんだから」

寅太郎は、卓の上に転がっている香をまじまじと見つめた。愛が不安そうに顔を上げた。

「これ、吸っちゃったけどだいじょうぶかしら」

「だいじょうぶだよ。大した量は入ってないし、もともとは煙草《たばこ》みたいに吸うものだから、こんな薄い煙を二、三度吸ったところで、そんなに大事ないよ」

全員がほっとしたのがわかった。視線は、卓の中心、香に注がれている。

「吉田さん、阿片中毒なのかしら。そんなことする人じゃあないのに」

愛が頬に手のひらを当てた。綺麗《きれい》な眉がきゅう、と寄っている。

「高楼亭にはこの手の香が常に焚《た》かれてるってことだねえ。長く吸い続けるとよくはないよねえ」

寅太郎は混乱していた。はた、と顔を上げて、椅子から立ち上がった。有坂につかみかからんばかりに近づく。

「有坂さん！　有坂さんしばらく高楼亭にいたんだよね！　これ、いっぱい吸ってたんじゃあ……!?　だいじょうぶ!?　死ぬ、死んだりするの!?」

寅太郎は途端に不安になった。そうだ、有坂は初めて出会った時に、高楼亭にずっといたと言っていた。あの時には、もうあの香りはしていたはずだ。寅太郎は右往左往しながらぼろぼろと泣き出した。出会ってまだ日は浅いが、それなりの付き合いだ。それなのにもう死んでしまうなんて！

「どうしよう谷、有坂さんがおかしくなるよ！　死んじゃうよ！」

「阿片なんぞに頼らなくとも、もう相当だがな」

「勝手に殺さないでくれるかなあ。それに谷君、聞き捨てならないんだけど」

有坂が大げさに嘆息する。

「高楼亭にうっすら漂ってるやつくらいじゃあ別にどうにかなったりしないよ。何度か勧められたけど、別に香に興味ないから断ったし」

「お前、あそこで阿片の香が使われていたことを知っていたのか？」

有坂は首を横に振った。

「さすがにあれぐらいだとわからないよ。でもこれぐらい香が濃いと、少し阿片特有の匂いがするね」

有坂が人差し指で紅茶まみれの香をはじいた。寅太郎はがた、と立ち上がった。

「天空さんが、危ない」

寅太郎はばっと顔を上げた。

有坂と谷がぽかんと口を開ける。

「だって、天空さん高楼亭で御教授ってやつをやってるんだよね。あそこで香をいっぱい吸っちゃったら、天空さんも阿片でおかしくなっちゃうよ！」

あれだけ助けてもらったのだ。このまま放っておくわけにはいかないと、寅太郎はあわてて硝子扉から飛び出した。後ろで、谷と有坂のため息が重なったことには、気づいていない。

「……人が好いというか、馬鹿っていうかさあ」

有坂が仕方なさそうに立ち上がった。

「まったくだ」

そろって硝子扉を開ける。

「さて、坊さんの正体見たり、だねえ」

先を走っていってしまった寅太郎を追いかけた。


山下町に向かうのは、今日二度目のことだった。挨拶《あいさつ》もそこそこに高楼亭に駆け込んで、大声を上げる。

「天空さん、天空さん！」

「何事ですか！」

番頭と給仕が何人か、あわてて駆け寄ってきた。寅太郎の姿を見た番頭が怪訝そうに首をかしげる。

「前島さん、お帰りになったのでは？」

寅太郎でも、ここで阿片や香の話をするのはまずい、とさすがにわかる。考えなしに飛び出してきた自分に気がついて、初めて悔やんだ。

「天空さんに会いたくて、ぼくもあの、やっぱり御教授を受けたくて」

とっさについた嘘だった。高楼亭で何かが起こっているのはわかる。それも、きっと大きな犯罪に関わることだ。天空はそれに巻き込まれているに違いない。阿片の香を吸わされたり、無理やり何かをさせられているのだとしたら、なんとか助けなくては。

「おや、香は試されましたか？」

「ええ、まあ」

給仕たちが、寅太郎を取り囲んでいた。

「いかがでしたか？」

「……とてもいい香りでした。心が救われるような気がしました」

「そうでしょうとも」

番頭の、あの貼りついたような笑みがこぼれた。どうぞこちらへ、と先に立った。階段を上がっていく。後ろを振り返ると、自分を囲んでいた給仕たちがじっとこちらを見つめていた。

あの人たちも、香を吸っているのかもしれない。高楼亭全部が、何か恐ろしいもののような気がして、寅太郎は身震いする身体をなんとか叱咤《しった》した。天空を見つけたらすぐに逃げ出そう。その心づもりだった。

番頭に案内されたのは、三階にある個室の一つだった。一、二階は西洋風の卓と椅子の造りだが、三階は日本料亭らしく障子《しょうじ》に畳の拵《こしら》えだ。一番奥の部屋の障子の前で、番頭が中に向かって声をかけた。

「天空様、御教授を受けたいという方です」

「どうぞ」

天空の穏やかな声がして、寅太郎はほっと胸をなで下ろした。まだ何もされていないみたいだ。寅太郎を部屋に通すと、番頭は頭を下げて出ていった。

天空は、部屋の真ん中に一人で座っていた。紫色の座布団の上に正座し、手には湯呑み、七輪《しちりん》には炭がくすぶっていた。穏やかな瞳が寅太郎をとらえた。

「おや、前島さんじゃないですか」

「天空さん、よかったあ、無事だったんですね！」

寅太郎は天空に駆け寄った。がちがちに緊張していたのが少しほどけて、途端に涙があふれた。ぐすぐすと鼻をすする寅太郎を眺めながら、天空がぽつりと言った。

「少し落ち着いてください」

温度のない声だった。

「どうしたんですか、前島さん？」

寅太郎は顔を上げた。天空と視線が合った。いつもと変わらない穏やかな微笑《ほほえ》みだ。その笑顔は、きっと多くの人を救ってきたに違いない。寅太郎はそう思っていた。

「天空さん、ここで御教授、っていうやつをやっているんですか？」

なんとなく、天空の前から一歩後ずさった。七輪の中で炭がはぜる音が、妙に大きく聞こえる。

「ええ。最近は西さんやお嬢さんもお通いですよ。わたしが誰かを救いたいと言うと、それを手助けしたいとおっしゃってくださって。ありがたいことです」

天空が手を合わせた。数珠《じゅず》が鳴った。

「高楼亭は危ないんですよ、ここで、ぼく変な香をもらって、そしたら天空さんが何かさせられてるっていうから」

支離滅裂《しりめつれつ》だと自分でも思った。でも、いつ番頭が戻ってくるかもしれない。その前に天空とここから逃げ出さなければいけないのだ。

「ああ、なるほど」

天空がうなずいた。

「それで、香はどうでしたか？」

寅太郎はぱちりと瞬《まばた》きをした。

「えっと、有坂さんが止めてくれたから、あんまり吸わずに済みました」

寅太郎は真面目に答えてから、おや、と首をかしげた。天空に会って、動転していた心が落ち着いたからかもしれない。

「天空さんは、あの香……阿片は⁉　吸っていないですよね、だいじょうぶですよね、あの香すごく危ないって！」

天空は、どうしてこんなところで〝御教授〟に関わっているのだろうか。そもそも御教授とは何なのだろうか。どうして、いつも穏やかに笑っていたのに。どうしてそんなに鋭い瞳で自分を睨みつけているのだろうか。

「あのかすかな匂いで阿片と断定できるなんてさすがですね、有坂さんは」

天空はゆっくりと湯呑みに口をつけた。寅太郎は畳に立ち尽くしたまま、天空を見下ろしていた。

「わたしは人々に救いを与えたいのです。だから、彼らにそっと差し伸べるのですよ。甘い香でできた、御仏《みほとけ》の手をね」

天空は顔の前で両手を合わせた。

「け、警察に、あの香を持っていけばきっと高楼亭を調べてくれます。知り合いの巡査さんが……」

天空が、合掌《がっしょう》したまま目を開けて寅太郎を見上げた。その笑みを、仏のような微笑みだと思ったことがある。

「さて、前島さん。わたしは御仏を心の底から尊敬しております。あのようになりたいと何度も何度も思うのですよ」

「そう、ですよね」

寅太郎は眉を寄せた。今更、何を言うのだろうか。

「御仏というものは実に素晴らしい。この世の果てに苦しみなどないと穏やかに笑いながら、すべてに救いを与えると甘言《かんげん》で万人を騙《だま》す、希代の詐欺師《さぎし》だ」

寅太郎が瞠目《どうもく》した瞬間、障子が叩きつけるように開けられた。とっさに振り返った寅太郎は、障子の向こうに有坂と谷の姿を認めた。出会ってから初めて見るような、焦った顔をしている。

「有坂さん、谷」

どうしたの、と問うより先に視界が揺れた。衝撃のほうが先で、痛みがあとだった。

「前島君！」

「前島！」

膝《ひざ》をついた。頭が痛い。視界がぶれる。頰に畳の感触を感じて、自分が倒れ込んだのを知った。だんだん狭くなる視界の中で、有坂と谷が自分の名前を呼んでいるのを見ていた。その後ろに、貼りついたような番頭の笑顔があって。二人とも危ない、と、そう言う前に寅太郎の意識は闇《やみ》にのまれていった。

目を開けると、二つの顔がのぞきこんでいた。片方は絶世の美丈夫、片方は鬼でも逃げ出す強面《こわもて》だ。寝起きには刺激が強すぎる、とぼんやり思っていると、美丈夫のほうが手のひらをひらひらと寅太郎の顔の前で振った。

「起きてる、前島君」

「……へ？　うわっ！」

ばっと起き上がった途端に、寅太郎は身体ががくりと傾ぐのを感じた。

「危ないよ、ここ階段だから」

言われて、寅太郎は改めて周りを見回した。大人が手を広げて通れるぐらいの螺旋《らせん》階段が、上にも下にも続いている。その中ほどで、階段数段分に縦になるようにして横たわっていたらしい。どうりで身体のあちこちが痛いはずだ。上も下も暗く、自分たちの周りだけぼんやり明るいと思ったら、谷が火種を持っていた。傍に燐寸《マッチ》が転がっていたから、あれでつくったのだろう。

「頭のほうは瘤《こぶ》になってるから、たぶん中身は無事だよ。よかったねえ、それ以上馬鹿にならなくてさあ」

上の段に有坂が、下の段に谷が座っていた。

「本当にもうさあ、ちょっとは考えてから動いてよねえ。馬鹿みたいに飛び出していくからさあ、ぼくらまで巻き込まれてこれだよ」

「ここ、どこ？」

見覚えがある気もする。こんな螺旋階段、そうたくさんはないはずだ。

「高楼亭の楼だ。お前、天空に殴られたんだ。おれたちも一緒にここに放り込まれた」

寅太郎は、は、と顔を上げた。

「天空さん、なんでこんなこと」

「阿片をばらまいてるのがあの人だからじゃあないかなあ」

有坂が、自分の帽子を手の上でもてあそびながら言った。

寅太郎は頭の中がぐちゃぐちゃだった。混乱して、色々あったことの整理がついていない。心中男を追って、高楼亭で阿片の香をもらって、天空を助けに来て——。

「え、えええ……」

「ああもうすぐ泣く」

有坂が嘆息した。

「まあ落ち着け、前島」

谷が下の階段から寅太郎を見上げた。

「お前が寝ている間に有坂と二人で考えたんだが」

上の階段から有坂が人差し指を立てた。

「前島君はさあ、普通に働くよりも、美術品を盗むよりも、強盗するよりもはるかに儲《もう》かるものってなんだと思う?」

「ええと……」

寅太郎はぐし、と目じりをこすった。

「宗教だよ」

有坂は山高帽《やまたかぼう》をかぶりなおした。

「儲かるの?」

「うまくやればな」

谷がうなずいた。

「高楼亭の客に阿片の香をばら撒《ま》いて吸わせる。もともと煙草みたいに吸引するものだから、最初はそれほど効果はないと思うよ。匂いもわずかだし、阿片を吸ってる自覚なんてないんじゃあないかな。でも徐々に効果は出てきて、いずれ香がないと幻覚や悪夢を見るようになる。恐ろしくなったところで、救いの手が現れるわけだ。例えば香を渡して、これで救われると言う。それか、部屋の中で香を焚いてお経でも唱えれば格好はつくよねえ。禁断症状は阿片を吸えば収まるから、それで救われたと思う」

「心中男は阿片の香が切れた時に、ハリー彗星の悪夢を見ていた。だから愛さんのところに来たんだ」

谷が続けた。

水谷が、あちこちで彗星心中が増えていると言っていた。何もない寅太郎でさえあんなに不安で怖かったのだ。阿片が入っていれば、きっともっと恐ろしい悪夢を見ていたに違いない。

「あとは、頃合いを見て、香にはお布施《ふせ》として値段をつければいい。一度救われたと思えば、いくらでも出すようになるよ」

「そんなあ、天空さん、あんなに優しい人なのに」

「優しい人間は阿片を撒いたりしない」

谷がきっぱりと言った。

「高楼亭は阿片を撒く拠点なのかもしれないねえ。個室もあるし、お偉方も客として来るだろうから、あちこちに贔屓《ひいき》をつくることができる。給仕や番頭も当然一番最初に取り込まれてるだろうから——あと、死んだ高楼亭の主もね」

彗星の恐怖に耐え切れず、楼から飛び降りた主は阿片中毒だったかもしれない。有坂はそう言っているのだ。恐怖は増幅され、幻覚を見て死ぬものは多い。

有坂は痛かったなあ、と自分の腕をぐるりと回した。

「ぼくら、前島君がぶんなぐられて倒れたあと、番頭や給仕に押さえつけられたんだけどさ、その時に言ってたんだよ」

——〝天空様のお救いを邪魔する気か!〟

寅太郎の背筋をぞっと寒いものが走った。

もしかすると、自分たちが阿片入りの香を撒く手伝いをしているなんていう自覚はないのかもしれない。そう思った。

「それで、ここからは想像なんだけどさ」

前置きを入れて、有坂は腕を組んだ。

「高楼亭が阿片窟《くつ》になり始めたのは、時期からみて一年ぐらい前だと思うんだけれど。もともと天空が持ってた阿片はそれほど多くなかったんじゃあないかな。それに、資金も心もとなくなった。困った天空はパトロンを探した。お金があって、できれば騙されやすそうだといい。阿片がなくなった時に、異国からの調達が容易なように——たとえば自分の船を持っていたり、税関にも顔が利く、小心の貿易会社の取締役なんかは最高の条件だと思うんだよねえ」

寅太郎ははっと顔を上げた。

「それって……！」

「西さんのことだな」

谷が言った。

佐治はハリー彗星を利用することを、骨董商《こっとうしょう》の男から教えてもらったと言っていた。天空もその男の紹介だったと聞いている。

「でも、佐治さんをそそのかしたのは骨董商の人で、天空さんじゃないんじゃないの？」

「人を使えばいくらでもできるよ、そんなの」

有坂が呆れたふうに答えた。

「結局あのハリー彗星の件で、天空は鞠子さんを守り、使用人を説得したことで主から大きな信頼を得た。もしかすると阿片の香も使ったかもしれない。娘を救い財産を守ったことで西家の主は天空を信頼するだろうし、あの使用人は、自分は救われたといって犬のようについて回っているらしい」

見上げてくる谷と視線を合わせた。

確かに思い返せばおかしなことはいくつもあった。

佐治と美術商の取引の場所を、どうして天空が知っていたのか。大人しくしていたはずの鞠子をそそのかして、わざわざ危険な場所によこしたのも天空だ。強盗の件だって、寅太郎たちに頼まずに巡査にでも相談すればよかった。警察と関わり合いになるのは困るからだったのだろうか。それから、披露会の日。

「あの時、同じ匂いがした。阿片の香の匂いだった」

「そうだよねえ。意識をぼんやりさせたかったんだと思うけど。あれで前島君だけ橙色《だいだい》の光を見た」

寅太郎はうなずいた。炭の燃焼で朦朧《もうろう》としたところに、阿片の香なんかを吸ったものだから本当に幻覚だったのだろう。だから、谷や有坂には見えていなかったのだ。

「前島君は単純で純粋で信じやすいからねえ、阿片なんて、するっと効いちゃいそうだよねえ」

「えええ……じゃあぼくだけ死んじゃうかもしれない！」

「そうかもねえ。何せあの状況で天空を助けるって飛び出していって、挙句にぶんなぐられて気絶するぐらいの馬鹿だからねえ、阿片も効く効く、もう一回ぐらい吸ったら飛び降りたくなるんじゃあない？」

「うわぁぁぁ」

「有坂、前島が信じるからやめろ」

谷が嘆息した。

「ただ問題は、ここからなんだよねえ」

有坂の言葉に、谷が深くうなずいて同意した。

「せっかくパトロンも信頼も手に入れて、これからだ、という時に突然飛び込んできて、阿片の香を巡査に通報するって言っちゃった馬鹿がいたんだよ、驚いたことに。通報してから来たらいいのに。しかも阿片をばら撒いている張本人を助けたいときた」

「ぐっ」

寅太郎は二人から視線をそらした。

「あ、有坂さんだって谷だって、結局こうなってるじゃないか！　二人こそ、水谷さんとか、誰かに言ってきたんだよね！」

半分怒り、半分期待を込めてみたのだが、二人ともに視線をそらされた。一瞬楼の中が静まった。

「前島が突っ込んでいくから、追うのに必死だった」

ややあって、谷がそう言った。有坂もどこかバツが悪そうで、さらに明後日のほうに視線を逃がしていた。

「じゃあぼくらがここにいることは誰も知らないの？」

「飛び出してきた時に愛さんも一緒だったから、愛さんが何とかしてくれるかもしれないけどねえ」

「有坂さんだって谷だって、人のこと言えないじゃないか！」

寅太郎は勢い込んで言った。

「もとはと言えば、前島君が飛び出していったからこうなったんだよ」

「誰かに一言ぐらい言ってきてくれたってよかったよ！」

「おれは言おうと思ったのに、有坂が先に飛び出したんだ」

谷が腕を組んで言った。

「いいや、飛び出したのは谷君が先だった。だいたい、前島君なんて放っておけばよかったのに、谷君が追いかけたからぼくは仕方なくだねえ」

「何を言う。有坂が先に、前島を追っていったんだろう。おれだって別に前島のことが心配だったわけではない」

「嘘でもいいから、ぼくのことが心配だから助けに来たって言ってほしいんだけどな！」

前島が顔をひきつらせながら言った時だ。有坂と谷が座っていた階段から腰を浮かせた。寅太郎も、同時に物音を聞きとっていた。鍵が開く音、扉が開く音。それに、一人分の足音だ。

「愛さんや水谷さんの助けを、待ってくれるつもりはやっぱりなさそうだねえ」

「それは、もちろんですよ」

いつものような穏やかな声が応えた。

「天空さん……」

寅太郎が、まだふらふらとする頭でなんとか立ち上がった。螺旋階段の上は、この間使った食事もできる楼の天辺《てっぺん》だが、今は分厚い木の扉と錠前で閉じられている。螺旋階段の下には、天空が手に持った桶《おけ》を逆さまにして、何かを撒いていた。

「さすがですね、有坂さん。ほとんど正解ですよ、驚いた」

「そりゃあ、どうも」

つん、と鼻に染みるにおいがする。油のにおいだ。

「高楼亭の主が、馬鹿なことに香の量を間違えましてね。耳障りにわめいて飛び降りてから、ここにはガラクタを放り込んでおいたんですがねえ、そろそろ処分しようかと思っていたところなんです」

天空が穏やかな笑顔を見せた。油の入っていた桶を足元に転がす。見せびらかすように手のひらをくるりと返すと、燐寸《マッチ》箱が一つ載っていた。

寅太郎は血の気が引く思いがした。火をつける気だ。上に逃げ道はないのだ。左右の壁は煉瓦《れんが》と石でできていて、燃えることはない。火をつけられれば、木製の階段を駆け上がる火から、逃げるすべはなさそうだった。

「うわあ、蒸し焼き釜みたいになるねえ」

「何のんきなこと言ってるんだよ、有坂さん！」

「落ち着きなよ、だいじょうぶだよ、蒸される前に煙で死ぬから」

「だいじょうぶじゃないよ！　落ち着けないよ！」

寅太郎は天空に向き直った。こんなところで殺されるのはごめんだ。

「天空さん、やめてくださいよう……誰かを救いたいって、言ってたじゃないですかぁあ！」

　それに、寅太郎はまだ信じられない思いだった。きっと、何かの間違いなんじゃないのだろうか。だって、天空はいつもと少しも違うところがないように思える。穏やかな笑顔、口調、心を和《なご》ませる雰囲気。誰かを救いたいと、そう言っていた天空と、何も変わらないように見えるのだ。

「いやあ、困るんですよ。せっかくここまでうまくいっているのです。信者も増えて、香の生産も増やすことができましてね。軌道に乗り始めたところなんですよ。特に、西家の主なんて、わたしのことを本当の神か仏のように思ってくださっているみたいでね」

　天空は困ったように笑った。

「誰かを救うために、先立つものがないのですと一言言えば、いくらでも出してくれる、貴重なわたしの札入れなのです。手に入れるのに、苦労したのですよ？」

　ねえ、と同意を求められて、寅太郎は呆然《ぼうぜん》と立ち尽くしていた。

「だって、仏様の救いをみんなにって」

「ええ、だから言ったでしょう。神や仏を、わたしはおおいに尊敬しております。むしろその本質を、わたしだけが解していると言ってもいい。あんなに金になることが他にありますか？　わたしは、この世界中に蔓延《はびこ》る大ペテンの、ほんのおこぼれをいただいているだけなのですよ」

天空はおかしそうに喉《のど》を鳴らして笑った。

「それにしても残念です、前島さん。大人しく香を吸ってわたしの信者になってくれていれば、お好きな西洋演劇も続けられていたかもしれませんねえ」

天空はこれ見よがしに合掌した。

「しかし、あなたたちのような、世に何の功績も残さない堕落者《だらくもの》共にまさか、という心地ですがね」

「失礼だなあ、そっちのほうがよほど堕落していると思うけどねえ」

有坂が呆れたように肩をすくめた。谷は天空の隙《すき》をうかがっているようだった。

「馬鹿を言え。おれたちは少なくとも阿片で人を謀《たばか》ったりはしていない」

「わたしの信者がつかんだ御仏の手が、偶々《たまたま》芥子の香りだったまでのこと。あなたの絵とわたしの差し出す御仏の手と。どちらがより多く救いを与えたか、よろしければわたしの信者に聞いてみますか?」

答えはわかりきっていますがね、と天空が鼻で笑った。

「少なくともわたしはひと時の救いを授けております。その対価でいくばくかの金銭をいただいているまで。商売ですよ、これはね。あなた方よりよほど世のためになっている。違いますか?」

天空は両手を広げた。

「さて、あなた方には楼から飛び降りてもらってもよかったんですがね、素直に聞いてくれそうもありませんし。理由は何にしましょうか？　職無しの堕落者たちが、世をはかなんで焼身自殺？　いやあいいですねえ、小説のようです。わたし、小説も芝居も悲劇が好きなんですよ。ほら新聞で連載していた泉鏡花《いずみきょうか》の『白鷺《しらさぎ》』もなかなかですし、ああ、前島さんが御存じのセーキスピアの『ハムレット』なども翻訳小説を読みましたよ」

世間話か何かのついでのように、天空はおもむろに燐寸を擦《す》った。橙色の光がぼんやりと灯る。人差し指と親指で摘んで、かるく振ってみせた。

「どうも焼け死ぬというのはつらいようなので、もしその前に自らで、ということであれば舌を嚙むといいかもしれませんねえ。存外楽に逝《い》けると聞きます。最近は火葬というのもずいぶん奨励《しょうれい》されてきているようですから、御遺体を焼く手間も省けて、案外ご家族には喜ばれるかもしれませんね。何なら、わたしが経を読んで差し上げても構いませんよ」

「くそ！」

はき捨てて、谷が階段を駆け下りた。天空の後ろには外に通じる扉がある。とっさに寅太郎も有坂もそれに続いた。

「では、失礼」

天空が燐寸を離した。もう寸《すん》の間があれば、谷の手が天空に届いていたかもしれない。けれど、それをあざ笑うように、天空と三人の間に火柱が立った。油に引火して、あっという間に階段の下を橙色の火がのみこんだ。

扉の閉まる音、がちり、と錠前の鳴る音が続く。

「これは本格的に、蒸し焼きになるかもねえ」

「先に煙で死ぬんだろう」

谷が、短い髪をかき回しながらそう言った。

「うわぁあ、逃げよう、上、上に！」

火は木造の階段を徐々にのみこみ始めていた。じりじりと昇ってくる火から逃れようと、三人は螺旋階段を上がる。

「煙は上にたまるから、上がりすぎると早死にするよ」

「えええぇぇ！」

ぴたりと止まって、寅太郎はその場で頭を抱えた。下には火、上には煙。すでに息苦しくなってきているような気がするし、熱くて汗が流れてきた。これでは、本当に窒息か蒸し焼きになってしまう。

「どうしよ、どうしよう、死んじゃうよう！」

「この最後の絶望を絵に残したとして、懐に入れておけば無事に発見されるだろうか」

　谷が別の方向性で悩み始めた。息苦しそうに肩で息をしているのに、懐から紙と矢立《やたて》を取り出して、絵を描こうとしている。

　息がうまく吸えない。頭が割れるように痛くて、吐きそうだった。

「ごほ……っ」

　有坂が髪をみだしながら、階段を上がっていく。

「有坂、さん。上に、煙が」

　でも、こうなったら一緒かもしれない。炎は階段をのみこみ続け、そこまで迫っていた。どうやら、自分はこんなつまらないところで死ぬらしい。寅太郎は白く濁り始めた視界の中で思った。そして、少し可笑《おか》しくなった。こんなことになっても、自分の頭の中は最後まで西洋演劇につかりきっているらしかった。

「ぼく、今まで死んだことないから、死にそうな気持ちってわからなくて、うまく表現できなかったんだ、けど。でも今なら、もっとうまくできそうだ」

　息が苦しい。何十回も読んで頭の中に叩き込んだ膨大な量の戯曲《ぎきょく》や芝居の台本から、その時ぽつんと頭に浮かんだのは、『ロミオとジュリエット』だった。ジュリエットが死んだと勘違いしたロミオが、切りつけられて彼女の傍で息絶える場面。ロミオの最期《さいご》だ。

「〝ぼくたち、これからしあわせに、なろう……ああ、ジュリエット、まだあたた、かい……最後のキス、だ、この地上での。……おや、すみ……〟」

ひゅ、と喉が鳴った。

「照明が、欲しかったなあ……」

家族のことをほんの少しだけ思って。それでも、走馬灯《そうまとう》というものがあるのなら、きっとそこは芝居で埋め尽くされるのだろう。

「最後まで堕落者、だなあ」

寅太郎は、そこでゆっくりと目を閉じた。

四

水谷《みずたに》巡査、亡霊に対す

水谷《みずたに》は機嫌が悪かった。理由は二つ。

一つは、水谷が追っていた、帝都の詐欺師《さぎし》の件で上司に呼び出されたことだ。

「水谷、あの件はもう追うな」

上司の目が、察しろ、と言っていた。警視庁の幹部が満州《まんしゅう》の駐在軍からまわりに回って手に入れた阿片《あへん》だという噂《うわさ》だ。つつかれると痛い腹があるに違いない。

「しかし、横浜《よこはま》に阿片が蔓延《まんえん》するかもしれません！」

「阿片窟《くつ》など、ほうっておいてもどこにでもできる。もとより合法の地もあるではないか、あまり勇《いさ》み立つな」

そう言ってなだめにかかる上司に苛立って、返事もしないまま警邏《けいら》に出ると飛び出してきたのだ。役にも立たない人相書きを、拳《こぶし》の中で握りつぶした。

もう一つは、いわれのない手柄であちこちからひっきりなしに声がかかるからだ。

五月二十日の早朝、伊勢佐木《いせざき》町警察署の前に、縄で縛られた五人組の窃盗団が放置されていた。窃盗団たちは水谷という巡査につかまったと話し、ついでに巨大な筒で撃たれただとかわけのわからないことをわめき散らした。

水谷自身にはなんの覚えもないのだが、誰も謙遜《けんそん》だと言って信じてくれない。上司にも、縛って放置していたことは咎《とが》められたものの、結局山手《やまて》を中心に荒らしていた大物の窃盗団だということで、昇進も間近だな、と言われて終わった。

「わけがわからん」

世の罪人が減ったのは良いことだと思う、もちろんだ。だが、いわれのない栄誉を受けるのは自分が許さなかった。

「いやあ、聞いたぞ。ハリー彗星《すいせい》の日に美術品窃盗団をとらえたらしいな」

この日も同僚に肩を叩かれて、水谷は大きく嘆息した。

「あれはおれじゃあない」

「何を言っているんだ、強盗たちが水谷という巡査につかまったと言っているぞ」

「だから！」

「謙遜はよせよ、昇進するのも時間の問題だというじゃないか。まったくうらやましい話だなあ」

ははは、と笑った同僚の顔が、煤《すす》で黒々と汚れているのを見て、水谷は目をみはった。

「どうした、その顔」

「これか。今朝山下《やました》で火が出たのを知っているだろう、高楼亭《こうろうてい》だ」

「ああ、あれか。楼《ろう》が焼けて崩れたとか」

「そこで人死にが出たというからな、応援に行ってきたんだ」

「……不幸な」

　水谷は眉をひそめた。

「番頭の話だと三人いたらしいんだが、遺体はまだ見つかっていないようだ。あとは──」

　焼けたところに、石と煉瓦《れんが》が崩れて降り注いだのだ。本格的に探すのは明日以降になる、と同僚は浮かない口調で言った。一転、にやりと笑う。

「それよりお前、西《にし》貿易からいくらもらったんだ？」

「西貿易？」

「誤魔化《ごまか》すなよ。お前がつかまえた強盗団、西家の美術品を盗んだんだろう。あそこは阿《オ》蘭陀《ランダ》との貿易で相当稼いでいるからな、羽振りがよかっただろう」

　水谷は、頭をかかえた。

「馬鹿な。仮にそうだとしても、賄賂《わいろ》や礼金など警官がもらうはずがないだろう」

「相変わらず固いなあ」

　まったく、と同僚がぼやく。

「強盗団のやつら、取り調べで西家の使用人に話を持ちかけられたんだとかごちゃごちゃ言っていて、上も近々西貿易に聞き取りに入るそうだ。もちろん、お前も行くんだよな水谷」

「だから、今回の件はおれじゃあないと何度言えば……」

まったく聞く耳を持たずに、片手を上げて去っていった同僚を見送って、水谷は思案した。どうも状況がおかしい。つかまえた記憶のない強盗をつかまえたことになっている上、それが西貿易とやらと関係しているらしい。

「どうせ、まともにすることもない」

丸めた詐欺師の人相書きを懐に突っ込んで、水谷は西家に行ってみることにした。

山手の上、旧居留地の異人館が、西貿易の取締、西又司《またじ》の邸《やしき》だった。広い洋館で、庭は芝生で覆われている。出てきた使用人は、目がぎょろりと動く男だった。水谷が警察手帳を出して名乗ると、どうしてだかまじまじと見つめられて居心地が悪かった。

「使用人の、佐治《さじ》と申します」

使用人はそう名乗った。

「ずいぶん広い邸ですね」

水谷は周囲を見回した。二階建ての洋館で、使用人があちらこちらで仕事をしている。

「英吉利《イギリス》の元大使館職員から譲り受けたものです。いや、手入れが大変で」

「洋館というのは、こんなに硝子《ガラス》を使うのですね」

明治《めいじ》になって四十年以上経つが、西洋の建物を家として使うことは、日本人にとってはまだ珍しいことだった。窓枠にはすべて板硝子がはめ込まれていて、ずいぶんと安価にはなったとはいえ、これだけふんだんに使われているとやはり目をみはるものがある。

「大変なんですよ。今朝も一枚割れてしまいましてね。いま業者に入ってもらっているのです」

硝子の職人が、大きな荷物を持って足早に邸の中を駆けていくのが見えた。

「早速ですが、先日西邸の美術品を盗んだとして窃盗団が逮捕されました。そのことについて事情を御存《ごぞん》じの方は？」

部屋に案内されると、そこには男が二人と娘が一人いた。

「主の西又司です。先日の件については、すべて主が知っています」

西又司は、立ち上がって会釈《えしゃく》した。部屋の中はどこか重苦しい雰囲気だった。娘が、水谷の視線に気づくと、あわてて目じりをこすっている。卓の上には、黒く炭になった何かが二つ乗っていた。

「あなたが、水谷巡査ですか」

又司の代わりに、後ろに立っていた男が喋《しゃべ》りかけてきた。袈裟《けさ》を着た坊主だ。

「相承院天空《そうじょういんてんくう》と申します。このたびの西邸の美術品強盗の件にわたしも少しばかり関わっておりまして」

「詳しく聞かせていただきたい。なぜかおれが捕縛したことになっているが、身に覚えがないので」

天空はためらったあとに、卓の上の黒い塊《かたまり》を指した。

「水谷さんは、お三方とはお知り合いだったのでしょうか？」

水谷は眉をひそめた。

「前島《まえしま》さん、有坂《ありさか》さん、谷《たに》さんです」

堕落者《だらくもの》たちの名前が、ここで出てくるとは思わなかった。水谷は怪訝《けげん》そうな顔で天空をうかがった。

「知り合いと言えば、そうですが」

「今朝の山下、高楼亭の火事に巻き込まれ、命を落としたそうです」

喉《のど》の奥に何かが詰まったように、声が出てこなかった。

最後にあの三人を見たのは、五月十八日、ハリー彗星が最接近する前日だ。それから見かけないと思っていた。それが、突然昨日、死んだという。

「どういうことでしょうか？」

「お三方はどうも、少し破天荒《はてんこう》なところがあったようで……」

「それは確かに」

「高楼亭の番頭に聞いたのですが、有坂さんがハリー彗星を打ち落とす、と閉めきっていた高楼亭の楼に忍び込んだようです。そこで火でも使ったのでしょう……気がついた時には、もう手遅れで……」

ぐす、と小さな泣き声がした。娘が肩を震わせている。又司がその背に手のひらを当てて、撫でてやっていた。

「娘の鞠子《まりこ》です。前島さんたちにはお世話になったようです」

又司が哀《かな》しげな表情で首を横に振った。

「先日の強盗の件、お恥ずかしながら、実はうちのこの使用人の佐治が絡んでおりまして」

又司が語った事の顚末《てんまつ》は、水谷を驚かせるには十分だった。

「あの堕落者共、人の動きや手帳を見ていたと思ったら、そんな馬鹿なことを！」

「天空さんが佐治も娘も救ってくれたのですが、協力してくれたのは、あのお三方だとあとで聞きました」

又司がうなだれた。天空が、気遣わしげに又司に微笑《ほほえ》みかけた。

「わたしなどはとても。あのお三方がいなければ、誰も救えませんでした。今こうやって、西さんのお力を借りて誰かを救うことができるのも、あの方たちのおかげです」

手のひらを合わせて、合掌《がっしょう》する。

三人そろってあれやこれやと騒ぎ立てていたのはこのせいだったのだ。水谷は苦々しげに舌打ちした。それから、胸に妙に重たく残る感情があることに気がついて、知らず知らずに重たいため息を吐いていた。

「もう、いないのか」

水谷はぽろりとつぶやいていた。

「前島さん、有坂さん、谷さんが無事成仏できるように、微力ではありますが、わたしも念じます。わたしが、あの方たちを救いたいのです」

「おお、天空さん」

又司が、すがるように天空に手を伸ばした。その手をとって、天空が柔らかく微笑む。

「ずいぶんと信頼されているのですね」

水谷が顔を上げて尋ねた。

「天空さんは、本当に人を救うことができるのです。ハリー彗星も、佐治の件も、天空さんが救ってくださいましてね。それに、最近わたしも娘もひどい悪夢に悩まされているのですが、天空さんに御念じいただくと、すう、と楽になるのです」

又司の顔が洋灯に照らされた。目の下には薄い隈《くま》、頬が少し落ちくぼんでいて、確かに体調が悪そうに見える。

「そんなものですか」

水谷は神も仏も信じる性質《たち》ではないが、それで又司や娘が幸せならいいのだろう、とも思う。それに、死んだ者を弔《とむら》うことも、今はなおのこと必要だった。

「馬鹿な死に方をしたもんだな」

水谷は吐き捨てた。自分に成りすましたことや、佐治のことも本来なら咎めなくてはいけないのだ。けれども今はそんな気分になれなかった。きっとこのことを知れば、愛《あい》は悲しむだろう。

せめて三人とも化けて出てこい。自分と愛に謝って、そして安らかに成仏してくれ。墓前には愛の西洋菓子を供えてやろう。ああ、その前に、と水谷は顔を上げた。

「三人の御家族にこの旨《むね》を伝えなければ。一度警察のほうで、せめて形のあるものがないかを探して、お返しできれば――」

水谷がそこまで言った時だ。

バン！　と音がして、その場にいた全員が振り返った。窓だ。

「…なんでしょうか」

佐治が窓に近づいた。板硝子がはめ込まれている窓は、縦に引き開ける形をしている。

木の窓枠にも細やかな装飾が施されていた。

佐治が、びくりと身を引いた。

水谷も同じものを見た。

外は、すでに闇《やみ》に沈んでいる。窓枠の下から、手が一つ伸びていた。黒く、煤のようなもので汚れた手だ。

バン！　と手が窓硝子を叩く。途端に、窓硝子の向こう側に赤黒いものが飛び散った。手のひらが硝子から離れると、手の形がくっきりとついていた。粘度の高い液体が、手のひらにまとわりついて――

バン、とまた手のひらが窓を叩いた。

皆、息をのんでその光景を見つめていた。

「……なんの悪戯《いたずら》だ」

我に返った又司が、眉をひそめた。佐治が窓枠に手をかけて、窓を持ち上げようとする。その瞬間に、黒い手はひゅ、と引っ込んだ。赤黒い手形だけが残されて、それがひどく不気味だった。

「何か嫌がらせを受けるような覚えは――」

ありませんか、とその先を言う前に、水谷は短く息を吸った。

後ろに、誰かの気配がする。皆気を取られて窓のほうを向いている間に、誰かが入ってきたのだろうか。振り返って、水谷は目を見開いた。

「……お前」

前島が立っていた。

灰鼠《はいねず》色の着物に裸足《はだし》、帽子はない。うつむき加減の顔は、左半分が髪で覆い隠されていた。むき出しになっている足と手が墨を塗り込めたように黒い。

「ひィ!」

振り返って、短い悲鳴を上げたのは天空だった。前島はぼんやりと宙を見て、緩慢《かんまん》な動作で自分の手のひらを見た。

「生きていたのか、堕落者壱《いち》」

前島は答えない。水谷のほうを見てもいないようだった。ずっと遠くを見て。やがて、真っ黒な手がすっと持ち上がった。その時初めて水谷は気がついた。前島の周りに、黒い粉が散らばっている。前島が身じろぐたびに、ばらばらとその身体からこぼれ落ちているようだった。

「おい、どうしたんだ、お前高楼亭の火事に巻き込まれたんじゃあなかったのか」

前島は、まっすぐに天空を見ていた。人差し指で天空を指し示す。部屋の中の視線が、そこに集まった。

「いや、知らない、知らない！　わたしは！」

「相承院さん？」

水谷はいぶかしそうに眉をひそめた。大きく首を横に振りながら、前島から少しでも距離を取ろうとしているようだった。

前島が、口を開いた。

バン！　また窓が鳴った。とっさに振り返る。黒い手が窓を叩いていた。バン！　赤が飛び散る。赤い手形が増えていく。

黒い手が消えて、再び部屋に沈黙が戻った時。振り返った先に前島の姿はなかった。

「どこに行った」

水谷は部屋の中をぐるりと見回した。どうせ、また堕落者共の下らない芝居か何かだ。死んだと見せかけて、自分たちを驚かそうとしているに違いない。

「やりすぎだぞ、堕落者！」

「……巡査さん」

鞠子が座り込んでいた椅子からふらふらと立ち上がって、今し方まで前島がいた場所を指差した。黒い粉が砂のように散らばっている。ところどころ黒く焦げたような何かの欠片《かけら》がぽつぽつと落ちていた。

　黒く墨をなすったような足跡が、扉へ続いていた。

「――そんなはずはない！」

　突然天空が叫んだ。周りの者たちがあっけにとられているうちに、足跡を追って扉を開ける。その先、廊下にも点々と足跡が続いていた。廊下の壁ところどころには、同じような黒い手形。黒い粉も、前島が通ったあとを示すように続いていた。

　足跡を追って駆け出した天空のあとを、あわてて水谷も追った。あれは、あの堕落者たちの悪戯だと教えなければいけないと思ったからだ。

「あの、巡査さん」

　あとをついてきた鞠子が、胸の前で手を握りしめていた。

「あれは、前島さんの幽霊でしょうか」

「何を馬鹿なことを。死んでいなかっただけです」

「でも、高楼亭の火事はとても誰かが助かるようなものではない、真ん中から崩れてしまっていて逃げる間もなく焼け死んでしまっただろうって……」

　前島の、真っ黒な手と点々と続いている黒い粉の正体を思った。あちらこちらに散らばっている小さな黒い欠片は、これは何なのだろうか。焼けて炭になってしまった、人の身体の欠片ではないのだろうか――。

　恐ろしい想像を、水谷は頭を振って追い出した。

「だいじょうぶです。万が一にあれが化け物だとしても、おれたち巡査は市民を守るためにいますから、必ず何とかします」

　水谷は鞠子を励ましながら、廊下を進んだ。

　廊下の奥に小さな部屋があった。足跡も手形もそこに続いている。天空が、丁度扉を開けるところだった。

「死んだはずです、絶対に」

　ぶつ、ぶつと小さくつぶやいている。

　扉を開けて、部屋の中に入ると、そこは異常な寒さだった。昼間は汗ばむほどの初夏でも夜は、確かにまだ肌寒い。けれどこんな冬のような冷たさではないはずだ。

「どういうことだ」

　鞠子に続いてやってきた又司が電燈《でんとう》のつまみをひねるが、灯りはつかなかった。

「壊れているのか、佐治、すまないが誰か直せる者を呼んでくれ」

　又司の言葉に従って、佐治が部屋を出ようとした時に、扉が外からばたりと音をたてて閉じた。佐治が何度やっても開かない。窓のない小さな部屋は、廊下からの光も入らず、しんと闇に沈んでいた。

「誰だ！」

水谷が恫喝《どうかつ》した途端、ぽう、と部屋の中に光が燈《とも》った。橙色《だいだい》の、ひどく不安定に揺らめく光だ。

「うわ、う……あァ！」

天空が悲鳴を上げて飛びのいた。ぼんやりと揺れる橙色の光の中に、前島が立っていたからだ。首を、ゆっくりとかしげる。顔を覆っていた髪が流れて、左半分があらわになった。

「ひ……」

水谷の喉から、殺し切れなかった悲鳴が小さくこぼれた。後ろでばたりと音がした。鞠子が気を失って倒れたのだ。悲鳴もなかった。

前島の左半分の顔は、赤く抉《えぐ》れていた。黒く爛《ただ》れた眼球が眼窩《がんか》から吐き出され、赤いものがまとわりついている。頬には何かで裂いたような深い傷が入っていて、顎《あご》の肉と歯が見えていた。皮膚《ひふ》は黒く炭化していて、ざらざらと黒い粉がこぼれていた。

悲鳴が上がってから、誰も言葉を継げないでいた。

前島が、ぱた、と足を一歩前に踏み出した。途端にざらりと黒い粉が吹き出し、こつこつと炭になった身体の破片が落ちた。

「あ、あ……」

天空が壁に張りつくように後ずさった。もう後ろには壁しかない。ゆっくりと近づいてくる前島から視線をそらせないでいるようだった。

「お、おい、よせ、前島。やりすぎだ」

水谷は、震える声を何とか絞り出した。これは、前島の芝居だ。まさか、化けて出るなんてことはない。そんなことは、あり得ない。

前島の動きがひたりと止まった。

「……あつかった」

掠《かす》れて聞き取りにくい、小さな声だった。

「つぶされて、いたかった」

一歩。また身体の欠片が落ちる。

ぐしゃ、と嫌な音がした。その場で前島の身体が真下に崩れ落ちた。絨毯《じゆうたん》の上に黒い粉が巻き散って、水谷の靴《くつ》にも飛び散った欠片がぶつかった。

粉々になったのは、前島の左足だった。

残った右足を絨毯に引きずり、黒い手ではいずるようにしてそれでも、一歩、また一歩と天空に近づいていった。砕けた前島の左足だったもの、黒い欠片と粉が、身体に引きずられて絨毯になすられていく。

「ひ、ひや、やめ……ちがう、ちがうんだ……」

天空がその場にすとんと腰を落とした。にいィ、と前島がうれしそうに笑った。これで、立ち上がらなくても手が届く。前島が天空に伸ばした手が、そっと頬に触れた。

「ひっ、冷た、い……うそだ、死んだはず、死んだはずだ！」

「……しんだ、よ。あなたが、ころした」

前島の黒い手が天空の首筋に触れた。左足の砕けた身体を引きずって、耳元でそうっとささやいた。

「殺した？」

水谷は眉をひそめた。堕落者たち三人は、事故で死んだのではなかったのだろうか。

「や、やめてくれ……」

水谷も又司も佐治も、一歩も動けずにいた。水谷はもう信じるしかなかった。あれは、死んだ前島だ。死んで黒焦げになった挙句に重い煉瓦や石につぶされて、粉々になったことを恨んで化けて出てきたのだ。

神仏も幽霊も化け物も信じない水谷だったが、他にどうにも説明がつかなかった。そうして、恐ろしかったのだ。ざり、ざり、と自分の砕けた身体を下敷きにして、天空に手を伸ばす前島は、ひどく不気味で恐ろしかった。

「ころしたんだ。ひみつを、しったから」

前島は首をぐらぐらと揺らして、にィ、と笑った。

「……だれもすくわない。だれもたすけない。あなたは、ぼくらをころした」

「やめろ……！」

冷たい前島の手に頬を撫でられて、天空の頬に黒い筋が付いた。壁際に縮こまっている天空が、首を振りながらがちがちと震えている。

「あへんの、ひみつ」

「やめろ！」

天空が叫んだ。けれど、水谷はその前、前島の言葉をしっかりととらえていた。

「阿片だと？」

「ぼくらをころした。ひみつを、しったから」

前島は、あとはただその言葉を繰り返すだけだった。やがて、ゆっくりと前島が水谷のほうを向いた。

「ころされた、ぼくらは、ころされたんだ」

瞳が、きゅうと細くなる。哀しげに揺れたのを見て、水谷は胸がつまる思いがした。

灯りが消えた。

部屋は再び闇に閉ざされて。やがて、騒ぎに気づいた使用人が、外から扉を開けてくれた。さっと廊下の光が入った時。部屋の中には、黒い粉と欠片だけを残して前島は消えていた。

「うわ……」

水谷は、灯りの入った部屋を見回した。部屋の壁には、一面黒い手形がびっしりとついていた。大きさが違うのは、前島のものだけではないからなのかもしれない。

部屋の端で、天空が頭を抱えてがたがたと震えていた。使用人が倒れた鞠子を部屋から運び出していくなか、又司が糸が切れたように壁にもたれかかった。ふうう、と深いため息を吐く。

「天空さん」

又司が緩く首を振った。

「どういうことでしょうか」

「知らない、知らない……あれは、戯言《たわごと》だ。こんな、何とも知れぬ化け物の言い分を、信じるのですか、西さん」

水谷は、己《おのれ》の拳《こぶし》を固めた。

最後、前島が自分に見せた哀しげな瞳は、あれはきっと自分に助けてほしいと、そう言っていたのではないか。自分の恨みを晴らしてほしいのだと、そういうことではなかっただろうか。

「相承院さん。詳しいお話をお聞かせ願いたい」

「信じるのですか、巡査さん！」

天空が悲鳴じみた叫び声を上げた。

「わざわざ化けて出てまで伝えたいことがあったようですから。それに、何の根拠もなく、化け物が〝あへん〟などと言うものか」

水谷は縮こまる天空を睨みつけてそう言った。

安心しろ、堕落者共。

足元に散らばる黒い欠片をそっと手に取った。軽い。炭に似ている。こんなに哀しい姿になってしまってなお、お前たちが伝えたいことは引き受けた。

「だから成仏しろ」

手のひらにその欠片を閉じ込めて。水谷はしばらく、目を閉じた。

「――っくしゅ！」

盛大にくしゃみをして、寅太郎《とらたろう》は鼻をすすった。

「ちょっとやめなさいな、鼻水も真っ黒よ」

愛が嫌そうに顔をしかめる。

「だって、全身粉だらけで、ぼくっ、くしゅ、はっくしゅ！」

ごしごしと顔をこすると、袖口《そでぐち》についた黒い炭の粉が顔にべったりとついた。手は黒いまま、顔には谷が描いた絵がまだ残っている。

「寅《とら》、動かないで」

愛が寅太郎の顔を手ぬぐいでこすった。

「ぶっ、とれる、愛さん鼻がとれる！」

「とれるほど高くないわ」

「ひどい！」

声を上げた寅太郎には目もくれず、愛は椅子に座っている谷を振り返った。

「ちょっと春野《はるの》、全然取れないわよ。この気持ち悪いの」

眼球が落ちかけ、肉や歯が見えているのは、谷が寅太郎の顔に描いた絵だ。陰影や光のつけ方、色合いで本当にそうなっているように見えるから、谷の腕はすごいと改めて思うのだ。

「顔料にニカワを混ぜているから、たぶんしばらく落ちない」

「えっ！」

寅太郎は目をむいた。

「じゃあこの腕の黒いのも⁉」

「顔料の上に炭の粉を振ってあるからな、四、五日はそのままだ」

「そんなぁ……ぼくこれで外に出たら、本当に化け物だって言われちゃうよ」

「墓場とかうろついていたら、怪談になりそうだよね」

有坂が笑った。冗談じゃあない。これじゃあ買い物も飯屋にも行けないし、仕事をもらうために芝居小屋を回ることもできない。

「うう、どうしようぅぅ……」

がっくりと膝をついた途端に、着物の中に仕込んでいた大量の炭の粉や炭化した木や何かの欠片があふれ出した。

「ちょっと寅、動かないでちょうだい。うちの店をどれだけ汚せば気が済むのかしらァ？」

「うう、ごめんなさい、だいぶ外で払ったんだけど、まだ残ってるんですよう…」

「これでもかっていうぐらい仕込んだもんねえ」

「膝も痛い」

足が砕けたふりをするために、その場でついて隠した膝は、膝頭があおずんでいる。今になってずきずきと痛んできていて、寅太郎はぐすりと鼻を鳴らせた。

「でもずいぶんうまくいったねえ。それに本当に前島君が生きてたのか途中から疑わしかったんだよねえ」

有坂がじっと寅太郎を見上げた。

「寅、そんなにすごかったの？」

愛は寅太郎の顔をこすり続けていた。だんだんと顔料が伸びて、顔の左半分が赤黒く染まっていく。谷がうなずいた。

「ああ。おれも、こいつ実は死んでいたんじゃないかと思った」

「ぼくも。ああ、前島君だけあの楼から逃げ損ねたんだったなあ、残念だったなあって」

「二人ともひどいよ！　ぼくだって一緒に逃げたよ！」

寅太郎は愛の手を跳ねのけて叫んだ。

「だが本当に危なかった。有坂の失敗作がなければ三人とも死んでいたからな」

高楼亭の燃え盛る楼の中。階段を上ったはずの有坂が、何かを引きずりながら下りてきた。

「番頭が怠惰《たいだ》で助かったな」

有坂が置きざりにしていたガラクタの中から、浪漫《ろまん》発明の失敗作を引っ張り出してきたのだ。長い筒で周りに変な機械が巻きついていた。

「地球の大気を越えられるだけの、弾の速度が確保できていなかったから置いてきたんだけど。壁をぶち抜くぐらいの威力があってよかったよ」

「確かに助かったけどさ、下手な銃より危険だよね、あれ」

寅太郎はその威力を思い出して顔をしかめた。石と煉瓦の楼の壁を、有坂が筒から放った弾と、それに続く綱が易々《やすやす》と貫いた。そこから飛び出したはいいものの、振り返った時には、衝撃に耐え切れずに楼が崩れ落ちていくところだった。個人の力であんなものを造り出すなんて、危険極まりない。しかも、あれでもまだ威力が足りないのだという。

有坂が唇の端を吊り上げた。

「三人とも助かったと思ったんだけどなあ。まさか前島君だけ本当に死んでたんじゃないのかって、疑わしいよねえ」

「生きてるよ！　ほら！」

立ち上がった寅太郎の肩に、愛の手が載った。細くて白いのに、妙に重い気がする。

「寅、大人しくして。それとも何かしら、椅子にでも縛りつけてほしいの?」

寅太郎が一瞬身をすくめて、椅子に逆戻りする。大人しく顔を拭かれていると、ばん、と硝子扉を開け放った者がいた。水谷が、暗い顔でうつむき加減に立っている。

「あら、水谷さん」

「愛さん……」

手には、黒焦げになった帽子が二つ抱えられている。何かをこらえるような表情で、水谷は重々しく言った。

「堕落者共が死にました。化けて出て、おれに助けを求めてきたのに、おれは結局何もできなかった……。あの詐欺師をとらえることができなかったのです」

「えっ!」

声を上げたのは寅太郎だった。横から有坂が、不満そうに口を出す。

「ちょっと、せっかく水谷巡査が来ていたんだから、あのまま捕縛してくれると思ったのに、なんでなのさあ」

「それが、あの詐欺師には手を出すなと上が——……は?」

水谷がぱちりと瞬《まばた》いた。寅太郎、有坂、谷の順でまじまじと顔を見つめて、最後に自分の手元に持っていた焦げた帽子に視線を落とした。

「……そんなに何度も化けて出るほど、恨みが深かったのか。血に赤く染まった顔をさらしてまで」

「え、ちょっと愛さんぼくの顔どうなってるの⁉」

寅太郎はあわてて愛を振り返った。小さな手鏡を差し出されて、あわてて中をのぞきこむ。顔半分にほどこされていた谷の絵はずいぶん消えていたが、代わりに色が混じり合って、顔全体に赤黒く伸びて広がっていた。

「うわぁあ！」

「だって落ちないんだもの、伸びていくばっかり」

「谷、これどうしよう！」

「落ち着け、無理だ」

寅太郎が椅子から立ち上がったのを見て、そこで初めて水谷が、ぎゅ、と眉間に皺《しわ》を寄せた。

「おい、お前足はどうした？」

「足？　あるよ。膝をついてただけだから」

着物に隠して、代わりに炭のかたまりをあふれさせたのだ。

「……消えたのは？」

西邸で忽然《こつぜん》と消えたことを言っているのだろうか。横から有坂が代わりに答えた。

「あそこ、通気孔《つうきこう》があるんだよ」

あの部屋は披露会に使われた部屋で、見えない場所に通気用の窓がある。人一人がギリギリ通れるぐらいの大きさだった。披露会で換気した時にも、そこを使ったのだろう。

「……部屋が冷たかったのは」

「ぼくの浪漫《ろまん》発明、浪漫発明二十三號《ごう》、彗星冷却機を使ったからさ！　揮発性のジエチルエーテルに小型のポンプで圧力をかけて、周囲の空気を冷やす仕組みなんだけど。まあ、部屋を冷やすなんて彗星を凍らせることに比べれば、浪漫の比較のしようもないけどね」

「堕落者壱の手や顔は？」

「おれだ。トロンプルイユという手法で描いた。まったく、つまらん出来だった。おれの描きたい絵ではない」

「燃えた身体の欠片は？」

寅太郎は、とん、とその場でつま先をついた。着物の裾《すそ》からまだ残っていた炭がざっとこぼれ出す。

「楼の焼け跡から拾ってきたんだよ。炭」

「……ではあれは、芝居か？」

三人は同時にうなずいた。

次の瞬間、水谷が腰のサーベルを半ばまで抜いた。

「うわぁあ！」

寅太郎が飛びのいた。目が本気で、叩き斬ると言っている。

「警官を騙《だま》すとは、覚悟はできているな？」

「だって、水谷さんが来てるとは思わなかったんだよ！」

寅太郎は有坂と谷とともに卓の後ろに逃げ込んだ。

「ご、ごめんなさい、だって……どうしても悔しくて……」

ずっと騙されていた。誰かを救うと嘘をついて、香《こう》と偽って阿片を撒《ま》いていた。それに、殺されかけたのだ。火と煙にまかれて、もうだめかと思った。あの時の恐怖や騙されて悔しかった気持ちを、味わわせてやりたかったのだ。

有坂がそれに、と続けた。

「水谷巡査だって、阿片窟を摘発《てきはつ》できてよかったんじゃあないの？」

水谷が、ぐっと詰まった。

「それが、そうでもない。捕縛はしたが、相承院天空の罪状は法力があると偽って西家の人間を騙したこと、使用人に美術品強盗をそそのかしたことぐらいに落ち着きそうだ」

「なぜだ。阿片は御法度《ごはっと》のはずだろう。高楼亭の主が死んだのも、あるいは阿片の吸い過ぎだとすれば、人殺しの罪もあるはずだ」

「阿片は、おそらく握りつぶされるな」

水谷は嘆息した。サーベルが鞘《さや》に戻される。

「相承院天空はおそらく、一年ほど前に帝都から横浜に入った詐欺師だ。帝都での最後の仕事に、阿片を騙して盗み取ったというが、その出所が問題だ。満州の駐在軍から入ってきたものらしい。知られれば困る者がいる」

谷が軽くうなずいた。

「なるほどな、警察も事情が複雑だな」

「せっかく発見したというのに！」

水谷は卓に拳を打ちつけた。

「どうにかならないのかなあ」

「厳しいだろうな。阿片の出所は警視庁の上、下手をすれば軍まで巻き込んだ騒動に発展する。先の戦争のこと、不穏な国際情勢を考えれば表に出したくはない話のはずだ」

有坂がふと顔を上げた。

「それさあ、前島君の出番なんじゃあない？」

有坂が寅太郎の肩に手を置いた。

「ほら、前島君のお兄さん」

寅太郎は目をみはった。

「どういう意味だ」

水谷が怪訝そうな顔をした。

「前島君は、過保護な兄を持っているからねえ」

なるほど、と隣で谷が手を打っている。寅太郎の視線が左右に泳いだ。冷や汗が止まらない。

「え、何、何のことかな？」

「誤魔化《ごまか》すのが下手だな、役者のくせに」

谷が眉を寄せた。有坂が鼻で笑う。

「うちは軍人家系だけど海軍寄りだし、谷君の家は大商家《だいしょうか》っていってもさすがに警視庁にまではねえ。その点、前島君なら間違いないねえ」

有坂の瞳が細くなる。ああ、これはきっと全部ばれているな。寅太郎は困ったようにうつむいた。

「……兄さんたちには、むしろ嫌われてると思うんだけど。ぼくの邪魔ばかりしてくるし！」

「まあいいからいいから、ぼくの言う通りにしてごらんよ。さて、まずは電信所だね」

有坂が笑って立ち上がった。

終章

横浜《よこはま》、山手《やまて》のゲーテ座、舞台の上で水谷《みずたに》がわずかに震える声でつぶやいた。

「信じがたい……」

あれから二日。状況は劇的に変化していた。前島《まえしま》が電信を打ったその日の夜に、詐欺罪《さぎ》でとらえられていた天空《てんくう》は再び阿片《あへん》に関する罪で逮捕されることになった。手のひらを返したような展開に、水谷は開いた口がふさがらなかった。

「昇進するんだろう。めでたいことだ」

横から谷《たに》が言った。

「それが信じがたいと言っている」

高楼亭《こうろうてい》には大がかりな捜査が入り、徹底的に洗い出されることになった。その功績で、水谷は昇進が決まっている。あれだけ手を引けと言っていた上司がにこやかに昇進を告げに来て、その場で叩き斬ってやろうかと思ったと、本人がそら恐ろしい顔で言った。

「二日だぞ、二日。手を打つにしても、いくらなんでも早すぎないか」

「そりゃあ、歳《とし》の離れた末っ子だからねえ」

有坂《ありさか》ににやり、と笑われて、寅太郎《とらたろう》は落ち込んでいる気持ちがいっそう沈んでいくのを感じた。舞台の真ん中、両側から着物をまとった細い腕に絡め取られ、足の上には子どもが合計八人、まとわりつくようにのしかかっている。

「――当然だろう、なあ。寅《とら》の頼みだ、断るわけにもいくまい」

舞台が見える最前列の椅子に腰かけて、長い脚を組んでいる男が笑った。顔の系統は寅太郎に似ているが、より精悍《せいかん》な顔立ちをしている。ひと目で高価だとわかる仕立ての背広と、傷一つない革靴《かわぐつ》が男の身分を証明しているかのようだった。

「だからといって、どうして、どうしてぼくの邪魔をするんだよ！」

とうとう我慢の限界を超えたのか、寅太郎が両側からの腕を振り払って立ち上がった。

「仕事は！　奥さんは！　何で横浜に来てるんだよ、それも全員そろって！」

広々としたゲーテ座のホールには、寅太郎にとっては見慣れた人間たちであふれていた。

舞台上の端に、呆《あき》れたようにたたずむ谷と有坂、水谷は目の前の光景をただ見つめているばかりだった。中央には寅太郎が大きく肩で息をしながら仁王《におう》立ちしている。その両脇には、着物を着た女が二人、寅太郎の腕に腰にと手を回していた。

「そんなこと言わないで、寅ちゃん」

「そうよ。勝手に家を出ていくから、もうどれだけ心配したか。前島の家に戻っても寅ちゃんがいないんだもの、こんな生活耐えられないわ」

「姉さんたち！　お嫁に行ったんだから、そう簡単に戻ってこないでください！」

足元にまとわりつく子どもたちを、必死で振り払う。

「甥《おい》っ子や姪《めい》っ子まで連れてきて、どういうつもりなんだよ！」

「そりゃあ、みんな寅に会いたがっていたからな。おれが気を利かせて誘ってみたんだ」

「余計なことを」

椅子に座った男を、舞台の上から寅太郎が睨《にら》みつけた。途端に、その後ろに座っていた二人の男が立ち上がった。最前列の男よりは少し若く見えるが、それぞれ同じように、高級とわかる西洋服を着ている。

「余計とはなんだ、寅。あまり心配させるな。仕事にも身が入らなかったんだぞ、まったく。この忙しい時世だというのに」

「そうだ、聡《さとし》兄さんなど帝都中に人相書きを回そうかという勢いだった。もう少しでおれたちも賛成するところだったんだ。だがまさか横浜にいたとは」

「それやってないよね！　ちゃんと止めてくれたんだよね！」

寅太郎はひきつった声で叫んだ。帝都中に自分の人相書きが回るなんて、考えるだけでぞっとする。この人たちは本当にやりかねないから、始末に負えないのだ。

「……信じがたいのはこの光景もだな」

水谷が、はは、とひきつった笑いをこぼした。有坂と谷と三人で、子どもたちの好奇の視線に耐えながら、軽く嘆息した。

「まさか堕落者壱《だらくものいち》が、華族とはな。まったくそうは見えない」

「そうかなあ、結構わかりやすかったよねえ」

ねえ、と有坂が寅太郎に笑いかけた。

「あれだけ育ちの良さが垣間見えていてさあ、帝都出身で赤坂《あかさか》に住んでたっていうし。それで家名が〝前島〟なら、ちょっと想像力の働く人間ならわかるよ」

谷が腕を組んでうなずいた。

「まあ、前島君は隠し通せると思っていたみたいだけどねえ」

「前島の父親は、前島外務大臣秘書官だ。政務局長を兼任して、居留地に関する条約改正や先の戦争外交にも一枚噛《か》んでいるそうだ。前島家といえば、新聞でも頻繁に取り沙汰《とざた》されるような政治家一家だが、ここまでそろうとそうそうたる顔ぶれだな」

谷の言葉に、水谷は改めて椅子に座っている男に視線をやった。

「あれが前島聡か。三十路《みそじ》も半ばで、内務省警保局の次期局長候補と聞くが」

警視庁に話が通るわけだ、と水谷が苦い顔をした。警保局は内務省に属する警察組織だ。東京帝都の警察署である警視庁とは異なり、より国に関わる事案を統括している。

「寅、友人におれたちを紹介してはくれないのか？」

長男がにこやかに寅太郎を促した。憮然《ぶぜん》とした表情で、寅太郎は椅子に座った男を指差した。遠慮も何もあったものではない。

「一番上の聡兄さんだよ。後ろの二人が、徹《とおる》兄さんと誉《たかし》兄さん」

椅子の後ろに立っていた男が二人、軽く会釈《えしゃく》した。

「次男が外務省、三男が文部省だろう」

谷が言った。

「詳しいねえ、谷君」

「うちは赤坂にも店があるからな。その手の話題には聡くなる」

寅太郎がまとわりついている二人の女も順に指差した。

「それから、文《ふみ》姉さんと、富《とみ》姉さん。兄さんや姉さんの子どもたちだよ」

「壮観だねえ」

有坂が前島一家を順に眺めた。

「前島だけ歳が離れているのか？」

谷が問う。寅太郎はうなずいた。

「聡兄さんと十五、一番近いのは富姉さんだけど、それでも七つ違うんだ」

寅太郎はうんざりといったふうに答えた。水谷がいぶかしげに問うた。

「爵位持ちの華族なら、なぜあんなところで長屋暮らしをしている。早く帝都に帰り、国に貢献しろ」

「だって、家に帰るとみんなでぼくの邪魔をするんだ！」

寅太郎がぐっと拳《こぶし》を握りしめた。有坂がはは、と笑う。

「幼い頃から兄姉五人にかまわれ過ぎてひねくれたみたいなんだよねえ、前島君」

「違うよ！　ぼくが芝居をやるのを邪魔したいんだ！　みんなぼくのことが嫌いなんだよ」

爵位は長男にしか受け継がれず、兄らはすでに政界で地位を確立しつつある。もともと、華族の四男ともなればどこかの商家か別の華族の家に婿《むこ》として入るのが普通だ。西洋演劇にどっぷりと浸《つ》かってしまった、とり残されたような末息子を、兄姉たちも両親もずいぶんと心配したらしい。

「家に帰ったら、婚約者ができていたんだよ」

ぶは、と有坂が噴き出した。

「うわあ、災難だねえ」

「本当だよ！　全然知らない女の子が家にいて、しかも相手の両親も一緒で、この子が女学校を卒業したらうちに入ってくださいって言われて」

言いながら、寅太郎は自分が泣きそうになっていることに気がついた。あわてて目じりをこする。

桃色の着物に綺麗《きれい》に結い上げた髪、寅太郎より五つ年下の許嫁《いいなずけ》は、どこかの華族のお嬢さんだった。寅太郎は驚愕《きょうがく》した。このまま華族の家に婿入りなどという話になれば、西洋演劇どころではない。

母は、いいお嬢さんじゃない、と乗り気のようだった。兄も姉も皆そろっていて、やっと寅太郎も婿入りかと祭りのごとく盛り上がり始めた。

「きっとみんなぼくが芝居をするのに反対していたんだ！　何かといえば稽古《けいこ》の邪魔をして！　しまいには華族の家に婿入りなんて！　兄さんも姉さんもぼくが西洋演劇をやるのが気に食わなかったに違いないんだ！」

拳を握りしめて主張する寅太郎を見て、水谷が困惑した表情で首をかしげた。

「それはまた、ずいぶんとかわいがられているというか……」

「許嫁の話も、前島が働かずとも、好きな芝居をやって暮らせるようにということじゃないのか」

有坂と谷が顔を見合わせた。

それはみんなが、兄姉を知らないだけなんだ、と寅太郎は頬を膨らませた。一人で静かに芝居の稽古がしたいのに、毎日毎日邪魔をされて、どこに行くにも姉らや兄らがついてくる生活だったのだ。嫌がらせだとしか思えない。

「それに、兄さんたちの嫌がらせに巻き込まれたあの子だってかわいそうだよ！　もっと他に好いた人がいたかもしれないのに」

「それは違うぞ、寅」

三男の誉が腕を組んだ。

「あの話は向こうの御家から来た話で、それも娘さんがお前を気に入ったと言うから――」

誉の言葉を遮《さえぎ》って、ゲーテ座の扉を開けて激しい足音が飛び込んできた。

その姿をとらえて、寅太郎の顔が引きつる。

「寅さま！」

「寅さまあ？」

甲高《かんだか》いその呼び声に反応して、有坂がその流麗《りゅうれい》な眉をひそめた。寅太郎が、両腕をつかむ姉らから何とか身をよじって逃げ出そうとしていた。

「聡兄さん、まさか彼女まで！」

「一番お前に会いたがっていたからな、蔑《ないがし》ろにするわけにもいくまい」

足音の主は軽やかに椅子の間を通り抜けると、舞台に駆け上がった。

「寅さま、お会いしとうございました」

両腕は姉に、そして首には〝彼女〟の両腕が巻きついて締めつけられて、耐え切れずに舞台の上に転がった。

谷が目を丸くする。

「何とも元気のいい娘だな」

「あら、寅さまのお友だち？　聡義兄《にい》さまから聞いた通りですわ」

桃色の振袖《ふりそで》に淡い帯でまとめている。艶《つや》やかに結い上げた黒髪に、派手ではないが、大ぶりな珠《たま》のついた簪《かんざし》がさしてあった。まだ女学生ほどの年の頃だ。色が白く目も大きい。頰に差した薄紅《うすべに》が愛らしく、あちらこちらから懸想《けそう》の文が届きそうな娘だった。

「わたくし、東小路直枝《あずまこうじなおえ》と申します。寅さまの婚約者ですわ」

整った爪先をそろえて、直枝は瞠目《どうもく》したままの谷と有坂、水谷に向かって頭を下げた。

姉らが、寅太郎をつかんで直枝に押しつける。

「直枝さん、寅をよろしくお願いしますね」

「もちろんですわ、お義姉《ねえ》さま方。そのために上方《かみがた》から帝都に参りましたのよ」

うんざりといった顔で、寅太郎は直枝を振り払った。

「こら、寅。お前、わざわざ東小路家からうちへの婿取りの話なんだぞ」

「あら、わたくし前島家に嫁入りでも構いませんわよ、聡義兄さま」

「おお、それは願ったりだ。実は少し困っていたんだよ、東小路家に婿に行ったら、寅は京都へ行ってしまうからなあ」

兄姉たちが口々にこれは困る、と言い募るから、直枝は大きくうなずいた。

「ではやはりわたくしが前島家に嫁入りということになりそうですわね」

「婿にも行かないし、お嫁さんもいいです……」

寅太郎はもう泣き出してしまいそうだった。

「あら、寅さま。直枝が女学校を修めたら夫婦になる予定ですのよ。上のお義兄さまやお義姉さまのように、素晴らしい家族になりたいですわ。子どもはまず一人、寅さまは四男、わたくしは次女ですからお互い跡継ぎには問題ございませんでしょう？　男子でも女子でもどちらでもようございますわ。それからあと三人は欲しいですし。あら、家はどうなさいますか？　うちに建てさせましょうか？」

「いや、前島で良い土地があるから、そこにしよう。帝都の真ん中だから、おれたちもすぐに寅に会いに行けるしなあ」

次男の徹がぽん、と手を打った。

「まて、寅の子どもができたら名前はどうする？　一人目はおれが名付け親になるぞ」

聡が椅子から腰を浮かせた。

「あらお義兄さま、一人目はお義父《とう》さまですわ」

「そうか……なら二人目がおれだ。三人目は徹、お前にしろ」

「まかせろ。今から候補を十ほどそろえておくことにしよう。それより着物やお祝いのことも考えておかないとな」

生まれてもいない寅太郎の子どもについて真剣に議論し始める兄姉と婚約者に、寅太郎は肺の奥から深いため息を吐いた。

直枝と二人の姉に絡みつかれている寅太郎を傍観《ぼうかん》しながら、舞台の端の三人は顔を見合わせていた。なるほど、あの様子では家を飛び出してきたのも無理はないかもしれない。

「上方の華族じゃあ元公家《くげ》かその分家だろうねえ。前島君が公家っていうのも、面白くていいかもしれないけど」

「よくないよ！　そこで楽しそうに見ていないで、助けてよ！」

寅太郎は助けを求めるように有坂たちに手を伸ばした。その手のひらを、直枝が取って握りしめる。

「寅さま、結納《ゆいのう》もございますし仲人《なこうど》も立てなくてはいけませんわ。お早く帝都にお戻りになってくださいませ」

「……帰らないから。絶対」

一大決心で家を出たのだ、絶対に帰りたくない。それに、西洋演劇の主役になる夢だって、まだかなっていないのだ。

「ちょっと寅ちゃん、寅ちゃんがいないとお茶の時間がつまらないわ」

「そうよ。うちの旦那様だって、寅ちゃんに会うのを楽しみにしているんだもの」

姉らは二人とも、すでに華族の家にそれぞれ嫁《とつ》いでいる。

「せめて寅ちゃんが元気だということだけでも、旦那様にお伝えしなくてはね。せっかく素敵な劇場なのですもの」

寅太郎は、そこで初めて首をかしげた。そういえば、どうしてゲーテ座なのだろうか。ただ会うにしても、兄らなら、ホテルの一等客室だとか、大使館の貴賓室《きひんしつ》なんかを押さえてきても驚かない。椅子に座っていた長男の聡が、楽しげに口元を吊り上げた。

「さて、寅。警視庁の上のほうに手を出すとなると、さすがのおれたちでも、ずいぶん苦労したわけだ」

嘘をつけ、そんな余裕な顔をしておいて、と寅太郎は聡を睨みつけた。

聡は小さな頃から父の覚えが良く、何でもできる人間だった。寅太郎以外の三人の男兄弟は、幼い頃から政治の基礎を叩きこまれて育ったというし、その中でも頭一つ抜きん出ていたというから、ずいぶんなのだろう。

「それに、こんなところで一人さみしく暮らしている末の弟が心配で仕方ない」

それも嘘に決まっている。顔がにやにやしているから、きっと寅太郎が困っているのが面白いに決まっている。

「父さまも母さまも元気な寅の話が聞きたいと言っておいでだ。そのためにこの劇場を貸し切ったんだよ」

寅太郎は今度こそ、目が落ちるのではないかというほど見開いた。

「本当は、帝都の有楽座《ゆうらくざ》あたりにしようかと思っていたんだが、お前どうせ横浜から離れる気はないんだろう。だからここにした」

有楽座は、帝都にできたばかりの西洋風の大劇場だ。そこで芝居をうちたい劇団からひっきりなしに公演が詰め込まれているはずだが、兄ならいくらでもねじ込んでくるだろう。それはここ、ゲーテ座も同じようだった。

「夜までおれたちの貸し切りだ」

聡が手を叩くと、徹と誉が扉を開けて外から続々と人を入れ始めた。

「役者は寅だけでいいが、他はそうもいかない。照明と音をやる人間が必要だからな」

誉が大きくうなずく。

「徹、写真屋は？」

「呼んだ。貸衣装はどうなっている？」

「すぐに来るだろう」

てきぱきと動き始めた兄らをぽかんと眺めながら、寅太郎はようよう声を絞り出した。

「兄さんたち、何を……？」

「何って、寅が主役の芝居をやるに決まっているだろう。何をやるんだ？　『ハムレット』か？　『ロミオとジュリエット』か？　どこぞの新派劇団《しんぱげきだん》がイプセンの『人形の家』をやるというが、それはどうだ。たいがいの衣装は頼んであるぞ」

聡が笑った。山のような荷物を持った貸衣装屋が何人か、汗をかきながら駆け込んでくる。開かれた荷物の前に、姉らと直枝が駆け寄った。

「わたくし、西洋服の寅さまを拝見したいですわ」

「わたしは武士の袴姿《はかま》がいいわ。太刀《たち》はあるのでしょう？」

「歌舞伎《かぶき》の女形《おやま》はどうかしら。寅ちゃんはかわいいから似合うかもしれないわ」

衣装を引っ張り出しながら口々に騒ぎ立てる姉らを、兄らが微笑《ほほえ》ましく眺めている。

「気に入ったものは買い上げよう。好きに選べ」

聡が軽く手を叩いた。舞台の端で水谷が目をむいた。

「買い上げるだと」

煌《きら》びやかな芝居の衣装は、ひどく値が張る。まして歌舞伎の着物や西洋服の仕立て一式を買い上げるとなれば、水谷の給金を三月《みつき》積んでも足りないはずだ。

「それに写真屋も呼んでるしねえ」

有坂が指差した先には、三組ほどの写真屋が忙しげに走り回っていた。壁や周りに白い布を貼り、三脚を組み立てて暗函《あんばこ》式の写真機を備えつけている。

「兄さま方、写真の大きさはだいじょうぶですの？　四つ切は寅ちゃんが小さく見えますから」

姉の富が徹と誉に確認した。

「安心しろ、富。大判で、種板《たねいた》ごと買い取る話をつけてある、刷り増ししたものを近所に配るつもりだ。寅の活躍だからな、抜かりはないぞ。種板は持てるだけ持ってこいと言ってあるが、足りなければ人をやって取りに行かせよう」

話を聞いた水谷の顔が引きつった。

「……大判なら一枚一円だぞ……写真なぞよほどの時しか撮らんというのに」

御一新《ごいっしん》直後よりはずいぶんと安価になったものの、まだそれほど日常的なものではない。記念の日に写真館で撮るのが一般的で、間違っても二組も三組も写真屋を呼びつけて、何十枚も撮るようなものではないはずだ。

「さて寅、何からやろうか」

兄姉たちと直枝が、客席に勢ぞろいした。職人たちも含めて何十もの瞳が、舞台の中央に立っている寅太郎を注視している。気合いが入った貸衣装屋が、すぐに着つけられるように、何枚もの衣装を腕に抱えて舞台の下で構えていた。

「うあ、いや……無理だよう……」

「十人が限度だと言ってたからな」

谷がため息混じりに言った。

「兄さんも姉さんも、もう放っておいてよ！　毎回何かあるたびに劇場を貸し切って！　何十人も人を呼んでぼくが失敗するところを笑いものにする気なんだ！　ぼくは自分の力で芝居をしたいんだ！　兄さんたちの見世物になるのは絶対に嫌だ！」

「ああ、なるほど」

有坂が軽くうなずいた。

「前島君が大勢に見られるのが苦手なのは、小さい頃からきっとこういうことをされてきたからなんだねえ」

「無理もないな。事あるごとに劇場を貸し切られて、観客を満員にされれば、ああなってもおかしくない」

有坂と谷が、少しの同情を込めてその姿を見つめていた。

「なんだ、寅はおれの苦労に報いてくれないというわけか？　二日で大変だったんだぞ。あちらこちらに根回しをして、行きたくもない会食の約束をし、徹や誉もずいぶんと手助けをしてくれたんだ」

なあ、と聡が後ろを振りかえると、二人がそろってうなずいた。

「寅はおれたちの苦労を素知らぬふりをしようというのか？」

寅太郎は唖然《あぜん》とした。確かに、兄らが手を回したことで天空の捕縛につながったのは事実だ。けれど、こんなおもちゃのように笑いものにされるのはたまらない。

「ああ、一度で不満なら何日でも貸し切るぞ？　どうせなら横浜だけではなく帝都と大阪でもやろう。大阪にも大きな西洋風の劇場があるそうだからな」

「あら、聡義兄さま、なんなら寅さま専用の劇場をつくればよろしいのでは？　帝都に新しく帝国劇場をつくると聞きますから、土地ごと買い上げてしまうか、いくらか資金を都合すればよろしいじゃありませんか」

「なるほど、それは名案だ。さすがに寅の嫁だな」

「待って！」

寅太郎は叫んだ。兄らとは時々、違う国の言葉を話している気さえする。

「いいじゃないか前島君、芝居ぐらい。好きなんだし、それに天空が捕縛されたと思えば安いものさ」

どんどんと進む話に笑い転げていた有坂が、ようやく落ち着いたのか、そう言った。

「よくないよ！　放っておいたらあの人たち、ぼくの都合なんてお構いなしで好き勝手やるんだ！　ぼくはただ、静かに芝居の稽古をして、自分の力で認められたいだけなのに！」

「落ち着け、前島。気持ちはわかるが世話になったのは事実だ」

谷が暴れる前島の肩をつかんだ。

「そうだよ前島君。せっかくだし主役気分を味わおうよ」

「いささか度が過ぎるとはいえ、弟思いの兄らではないか」

有坂と水谷が、なだめるように声をかけた。いささか、どころかいくらつぎ込んだのか問い詰めたいぐらいだと、寅太郎は首を振った。なまじ帝都の政治の中心にいる分だけ、この家族たちは、使うとなったら見境がない。

「これはいい。寅の友人らだと、父さま、母さまに見せよう」

聡が写真屋に指示して、舞台の中央に集まった寅太郎たちを何枚か撮らせた。

「どうした。もっと正面を向いてくれ。大切な寅の友人たちだ——海軍閥《かいぐんばつ》の大御所、有坂家の三男坊に、赤坂《あかさか》の老舗大店《しにせおおだな》、谷呉服《ごふく》店の若旦那《わかだんな》、阿片摘発で大手柄の巡査殿と、寅の友人らは華やかだな」

聡が意味深に微笑んだ。

「当然、末の弟に関わる者として、おれたちのことも調べられているわけだ」

谷がぼそりと言った。

「うう、ごめんね……ああやっていつも邪魔ばっかりするんだよう」

せめて、兄らには言い含めて、写真をあちこちばら撒《ま》かないようにしてもらおう。この人たちが自分たちの〝友人〟に写真を見せ始めたら、帝都中に広まってもおかしくないからだ。

「よし、では友人らは舞台を開けてくれ」

写真を何枚か撮ると、お役御免《ごめん》とばかりに三人は寅太郎から引きはがされてしまった。観客として椅子に座らされる。再び舞台の真ん中で取り残された寅太郎は、右往左往しながら谷や有坂に手を伸ばした。

「有坂さん、谷、助けて！」

「いや、無理だよねえ」

「ああ。せめてもの情けだ、見ていてやるから」

谷が深くうなずいた。

「そうそう。どれだけ失敗しても、ちょっと笑うぐらいだからさあ」

「笑わないでよ、助けてよ！」

有坂はすでに椅子に深く腰掛けて、この状況を楽しむつもりでいるようだった。

「谷、何で紙と筆を持ってるの！」

「いや、この絶望的な状況を描き残してみようと思ってな」

「水谷さん！」

「……すまないが」

水谷はちらり、と聡に視線を向けた。さすがに上司の上司に逆らうというのはいささか居心地が悪い。天空の時のように、何かの事件が絡んでいるわけではないから、できればこのままそっとしておきたかった。

誰も味方がいない。

うう、と寅太郎は目に涙をためながら、心の中で叫び声を上げた。

もう絶対、家に戻ってなんてやるもんか。それから、前島の家に頼るのだっていやだ。自由になるのだ。西洋演劇と、自分の心の平穏のために――！

寅太郎は舞台から飛び降りた。驚いている貸衣装屋をよそに、姉らと直枝の静止の手も振り払う。

「先に戻っているから！」

椅子を飛び越えて、扉から走り出した。

「まて、寅！」

兄らの声が追ってくる。

「待たない、絶対！」

もう帰らないと決めたのだ。兄らや姉らに邪魔されないこの横浜の土地で、自分は西洋演劇で成功してみせる。

ああ、でもあの写真ぐらいは、もらってもいいかもしれない。

谷と有坂は、向かう先は違うとはいえ、この土地で初めてできた、友人と呼べる人間だ。水谷も怒ってばかりで怖いけれど、少しは認めてくれたような気もする。

後ろを振り返ると、兄らや姉らの姿はなかった。その代わり、谷と有坂、水谷があわてたように追いかけてきている。それが何だかうれしくて。

寅太郎は、笑いながら山手の坂を駆け下っていった。

参考文献

『横浜の芝居と劇場―幕末・明治・大正―』（1992）横浜開港資料館 編（横浜開港資料館）
『横浜もののはじめ考 第3版』（2010）横浜開港資料館 編（横浜開港資料館）
『値段史年表 明治・大正・昭和』（1988）週刊朝日 編（朝日新聞社）
『横浜タイムトリップ・ガイド』（2008）横浜タイムトリップ・ガイド制作委員会 編著（講談社）
『彩色絵はがき・古地図から眺める横浜今昔散歩』（2009）原島広至（中経出版）
『明治奇聞』（1997）宮武外骨 著 吉野孝雄 編（河出書房新社）
『朝日新聞』（明治四十二年～明治四十三年）

※この作品はフィクションです。実在の人物・団体・事件などにはいっさい関係ありません。

集英社オレンジ文庫をお買い上げいただき、ありがとうございます。
ご意見・ご感想をお待ちしております。

●あて先
〒101-8050　東京都千代田区一ツ橋2-5-10
集英社オレンジ文庫編集部 気付
相川　真先生

明治横浜れとろ奇譚

堕落者たちと、ハリー彗星の夜

集英社
オレンジ文庫

2015年3月25日　第1刷発行

著　者　相川　真
発行者　鈴木晴彦
発行所　株式会社集英社
〒101-8050東京都千代田区一ツ橋2-5-10
電話【編集部】03-3230-6352
【読者係】03-3230-6080
【販売部】03-3230-6393（書店専用）
印刷所　大日本印刷株式会社

※定価はカバーに表示してあります

ISBN 978-4-08-680014-3 C0193